既要仰望星空

更要脚踏实地

“大国工匠人物传”丛书

何小虎

火箭『心脏』的钻刻师

马行◎著

中国工人出版社

图书在版编目（CIP）数据

何小虎：火箭“心脏”的钻刻师 / 马行著. 北京：中国工人出版社，2025. 5. -- ISBN 978-7-5008-8583-2

Ⅰ. I25

中国国家版本馆CIP数据核字第20251ET264号

何小虎：火箭“心脏”的钻刻师

出 版 人	董　宽
责任编辑	葛忠雨
责任校对	张　彦
责任印制	黄　丽
出版发行	中国工人出版社
地　　址	北京市东城区鼓楼外大街45号　邮编：100120
网　　址	http://www.wp-china.com
电　　话	（010）62005043（总编室） （010）62005039（印制管理中心） （010）62379038（社科文艺分社）
发行热线	（010）82029051　62383056
经　　销	各地书店
印　　刷	三河市万龙印装有限公司
开　　本	880毫米×1230毫米　1/32
印　　张	6
字　　数	100千字
版　　次	2025年6月第1版　2025年6月第1次印刷
定　　价	49.00元

国之大者，工匠先行

——“大国工匠人物传”丛书总序

在中华全国总工会成立100周年之际，全国总工会宣传教育部、中国报告文学学会、中国工人出版社联合开展了“文艺工作者走基层”活动，推出“大国工匠人物传”丛书，向全国总工会献礼，向广大劳动者致敬！

“知者创物，巧者述之守之，世谓之工。百工之事，皆圣人之作也。”这是中国所见年代最早的关于手工业技术文献《考工记》中对工匠的记载。“工”之责在于造物，“匠”者为能工鼎识者也。

幼时，老家云南昆明大板桥的老街上，从南头到北头，都是大大小小的手艺人，木匠、石匠、焗匠、骟匠、竹篾匠、鞋匠、箍桶匠……空气中飘荡着木匠的刨花香和石匠敲打出来的粉尘，充满着焗匠手中皮带的“吱扭扭”声、骟匠刀下小猪猡的闷哼、箍桶匠皮锤不轻不重的敲击声。老街上的竹篾匠是我的一个表姨夫，他来自四川，有着一手出神入化的编造竹篾手艺。粗壮的毛竹是表姨夫手中的“百万雄兵”，在一把锋利无比的刀的指挥下，被劈成厚薄、粗细不一的篾。表姨夫的本领仅次于撒豆成兵的天神，他能化篾成物，一般家里能见到、用到的器物，他都能用竹篾编出来。母亲曾命我在老街上买一个暖水瓶的内胆，然后去表姨夫的摊位上，坐等他为暖水瓶胆编制一件竹制的外壳。那个暖水瓶至今还在我家老屋的一个角落里。竹篾壳早已被岁月包了浆，虽然久不使用，却依然油润、红亮。这便是我幼时对匠人的记忆。

五千多年的中华历史长河中，涌现出了无数能工巧匠，他们或如明月光照，或如星河璀璨。一代代薪火相传的工匠精神，不仅成就了那些流芳百世的绝世建筑与器物，更是烛照我们通向文明现代化进程的精神之光，是我们文化的自信心、民族的根与魂。

从“嫦娥”探月到“祝融”探火，从“北斗”组网到“蛟龙”深潜，从港珠澳大桥横跨三地到大兴国际机场凤凰腾飞……这些挺起中华民族脊梁的大国重器、世纪工程背后，无不凝聚着万千工匠的心血和汗水，映照着工匠们孜孜以求、拼搏奋进的身影。

本套丛书收录的是全国总工会历年评选出的大国工匠

的人物传记。他们当中有焊接高铁的“工人院士”李万君、打破国外高端设备维修垄断的王树军、让中国锻件立于世界之巅的刘伯鸣、“人刀合一”的顶级钳工李凯军、在高空“穿针引线”的竺士杰、油田里的创新能手刘丽、了不起的“钢铁裁缝”艾爱国、数控机床上的“雕刻师”孟维、让三星堆文物“活”起来的郭汉中……他们有的是传统加工业的锻造者，为了突破技术瓶颈精益求精；有的是新兴制造业的探路者，为了实现精密制造巧思妙想；有的是军工行业的铸剑者，为了打造国之重器默默坚守；有的是民间手工艺的守护者，为了传承非遗文化精雕细琢……他们奋战在国防军工、装备制造、传统工艺等行业的第一线，以久久为功的钻研和创新，造就了一个个传奇。

这些杰出的工匠，尽管行业不同、岗位不一，成长经历各异，但他们都有着爱党爱国、敬业奉献、创新争先的优秀品质。他们耐得住清贫与寂寞，用灵巧的双手和精湛的技艺，数十年如一日地在平凡的岗位上雕琢自己心中的梦想，以实际行动诠释着“执着专注、精益求精、一丝不苟、追求卓越”的工匠精神。“天下大事，必作于细。”工匠精神既是中华民族技艺世代传承的价值理念，又是中国开启新征程，从制造业大国迈向制造业强国的时代需要。

“大国工匠是我们中华民族大厦的基石、栋梁。”2024年3月5日，习近平总书记参加十四届全国人大二次会议江苏代表团审议时强调“树立工匠精神”，指出“没有金刚钻，揽不了瓷器活”，要“把第一线的大国工匠一批一批培养出来”。党的十八大以来，习近平总书记对建设高素质劳动大军高度重视，强调“当代工人不仅要有力量，还要有智慧、有技术，能发明、会创新，以实际行动奏响时代主旋律”，深刻阐述工匠精神“执着专注、精益求精、一丝不苟、追求卓越”的内涵要义，号召全社会弘扬工匠精神，“为全面建设社会主义现代化国家、实现中华民族伟大复兴的中国梦提供有力人才和技能支撑”。

“匠心聚，百业兴。”无论是传统产业，还是新兴产业、未来产业，大国工匠在发展新质生产力的历史进程中不可或缺。随着经济发展方式转型和产业结构升级，中国要实现由制造大国向制造强国的转变，实现由中国制造向中国创造的跨越，离不开广大劳动者的创新和创造，更离不开对工匠精神的继承和发扬，于是呼唤更多大国工匠成为时代强音。

文艺是时代进步的号角，最能代表一个时代的风貌，最能引领一个时代的风气。中国报告文学学会、中国工人出版社联袂推出“大国工匠人物传”丛书，以图书的形式为大国工匠树碑立传，让他们的故事和精神具有更广泛的交流传播价值和长久的史料价值。本套丛书的写作者奔赴大国工匠生活的城市，深入大国工匠工作的厂区、车间、工作室，获取了全面细致的第一手材料，最终将大国工匠的成长、成才故事呈现在读者面前。

“大国工匠人物传”丛书讲述的是个人奋斗史，也描绘出大国工匠的群体形象。可以说，这套丛书是目前国内系统研究众多大国工匠人生轨迹的权威读本，既有对每位大国工匠的整体介绍和事迹梳理，又有具体的事件、案例，全面、生动地展示了大国工匠各个人生时期的工作和生活状态。

新时代是奋斗者的时代，中国式现代化建设新征程这一宏伟事业为广大工匠技能人才成就梦想提供了广阔舞台。每位劳动者都是主角，都可以成为工匠精神的践行者。大国工匠是新时代的最美奋斗者，更是和平年代当之无愧的英雄。

国之大者，工匠先行，向着中华民族伟大复兴的目标砥砺奋进，行稳致远。

是以为序。

目　录

序章

1

在陕北，在延安乡下最偏远的一个名叫朱家沟的山沟沟中，一个生于1986年的少年，就像一只孤傲的雏鹰，扑打着羽翼柔弱的翅膀，一步一步来到荒山之巅，面对着延安、西安以及星辰的方向，开始了自己的逆势飞行。

他说，他看到了中国航天的神经末梢，看到了天边的光亮，看到了天空中的那些生命之蓝。那是怎样的蓝啊？那是最高的蓝，一种像月亮和星星一样高的蓝，可以高到茫茫太空中的永恒的蓝。

他说，他看到了一个航天梦，陕北的北斗、北极星一样的航天梦，可他这个乡村少年又能飞多远，能飞到哪儿去？

2

何为航天？航天就是乘着梦想之舟去飞行，就是踏上永恒的征途，就是要直面永恒的星辰与大海。

中国航天梦，最高远的那部分就是建设航天强国。中国航天梦，最亮丽的那抹颜色就是航天蓝，就是培育航天精神，就是为探索宇宙奥秘、促进人类和平与发展作出中国航天人应有的贡献。

可是，他还很柔弱，很胆怯。他还没有见过火箭，更不知世上还有什么液体火箭发动机。但是，他在自己的梦中是大胆的——他拥有了一个想象中的火箭、想象中的宇宙飞船。在梦中，他多想借助火箭与飞船的力量，与中国的航天事业一起飞。

飞着飞着，他从梦中飞到了现实中来，飞到了西安，飞到了航天六院。在那里，他方才知道，中国的火箭叫“长征”、载人飞船叫“神舟”、空间站叫“天宫”、核心舱叫“天和”、货运飞船叫“天舟”、实验舱叫“问天”。

飞着飞着，他成了陕北一座座大山的化身，成了星星的化身，成了梦的化身，直至成为飞向太空的那支火箭上的一个小小零部件。飞着飞着，他才明白，他的职责中有着重金属的硬度，他的方向中有着北斗的星光。飞着飞着，他开始知道，太空中各个型号、各个性能的液体火箭发动机，需要什么样的喷注燃烧系统，需要什么样的精密部件，需要什么样的加工制造者。

是的，他只是火箭心脏上的一个小小的零部件。从形态上看，他很小，很普通，小到微不足道。正因如此，无论载人航天、探月工程，还是空间站建设、火星工程，当火箭升上太空的时候，人们看到的只是那凌空飞升的火箭，那灿烂耀眼的星空，却不会看到他，也不必看到他。但是，他是重要的，极关键的，他是一种伟大的“小”。

3

航天在哪里？航天在一代代华夏儿女的记忆中，也在卷帙浩繁的典籍文献中。

先秦诗人屈原在《远游》中说：“揽彗星以为旍兮，举斗柄以为麾。”唐代诗人李白有诗：“大鹏一日同风起，

何小虎形象照

扶摇直上九万里。”而另一位唐代诗人王勃则言：“天高地迥，觉宇宙之无穷。”宋代词人辛弃疾写下这样的词句：“乘风好去，长空万里，直下看山河。斫去桂婆娑，人道是，清光更多。”

回望千年，中华文明的浪漫与诗意，正是中国航天的起点，也是动力点。尽管那时的先贤哲人，还不知道千年以后会有航天火箭，会有火箭发动机。

推力，推力，是谁在推动中国航天？发动机的推力有多大，中国航天的舞台就有多大。而火箭的心脏，正是火箭的发动机。而梦想，正是当代中国万水千山的起点，也是一个人的航天起点。

4

穿过岁月的晨雾，人们看到了中国液体火箭发动机的命运起始点。

1965 年，陕西省宝鸡凤县，秦岭深处一条名叫红光沟的长达 21 千米的大山沟中，建起了一个神秘的机械厂。

那是航天液体动力三线研制基地。那里的航天人，登山筑路、人抬肩扛，留下了“特别能吃苦、特别能战斗、特别能攻关、特别能奉献”的精神特质。20 世纪 90 年代，红光机械厂整体调迁至西安南郊少陵塬上，通过人才队伍的发展壮大和技术传承创新，在液体火箭发动机技术领域不断刷新纪录。

中国的液体火箭发动机（Liquid Rocket Motor）是带着秦岭红光沟记忆的，是一个动力推进系统。准确地说，它是指液体推进剂火箭发动机，即使用液态化学物质作为能源和工质的化学火箭推进系统。

液体火箭发动机的运行原理，正如液体发动机最终抵达的茫茫太空那样，神秘、遥远又充满诗意。

液体火箭发动机的主要运行原理是：将常用的液态氧、四氧化二氮等液体推进剂，以及液氢、偏二甲肼、煤油等燃料，分别储存在不同的储箱中。当液体火箭发动机开始工作时，液体推进剂和燃料分别从储箱中被挤出，经由推进剂输送管道进入推力室。在推力室，推进剂在推力室头部喷注器的作用下，开始混合雾化，其所形成的细小液滴被燃烧室中的火焰加热气化。当所有的液滴开始剧烈燃烧时，即可形成高温高压燃气。当高温高压燃气经过喷管时，可被加速成超声速气流向后猛烈喷出。这个喷出过程所产生的推力，推动着火箭升空前进。

事实上，超声速气流所产生的强大推力，从另一个角度上看，也在推动着中国航天梦升空，前进。

液体火箭发动机——这一大国之重器，承载了中华民族探索宇宙的飞天梦想。

5

发展航天，动力先行。几十年来，把载人航天、北斗导航、探月工程、探火工程、空间站等国内外百余颗卫星、航天器送入茫茫太空的长征二号F运载火箭、长征五号运载火箭等，其发动机都是由西安航天发动机有限公司研制生产的。以至于有人夸张地说，天上有多少航天器，就有多少液体火箭发动机。

蓝天作证，星辰作证，在建设航天强国的大路上，走来的是勇毅前行的航天六院人，是不屈不挠的西安航天发动机有限公司人。他们以无穷的力量，见证并创造了一个个灿烂壮丽的航天故事。

有一个梦在天上，那是建设航天强国。有一种速度，那是航天强国加速度。而飞行就是梦想，航天就是风华。是谁在创造人类航天文明，是谁在铸就民族科技丰碑？读懂了永无止境、精益求精的精神，也就读懂了西安航天发动机有限公司人、读懂了中国航天。

西安航天发动机有限公司，是茫茫太空的一个动力之源。

6

是谁，是怎样的航天发动机公司、是怎样的人，有了领跑世界数控车床加工的底气，让每一个工件都指向星空？

是谁，是怎样的航天发动机公司、是怎样的人，在寻常数控车床上追求大国航天、大国光年？

第一章 大山沟中的微光

1

2003年10月的一天，陕北延安青化砭镇朱家沟村山沟沟边一户低矮的窑洞内，坐在黑白电视机前的何小虎，无意中看到了电视屏幕上高大的运载火箭，看到了中国飞船首次载人飞入太空时那迅疾的烈焰，以及天空中那蔚蓝色的梦幻场景。也是那天，何小虎知道了升上太空的那个人名叫杨利伟。何小虎当时就想，如果我长大了，也能够成为杨利伟那样的航天人，成为一名可以飞入太空的航天英雄，我的爸爸妈妈、弟弟妹妹肯定会特别骄傲。

但是，怎样才能与火箭靠得近一些，怎样才能成为航天人，对当时的何小虎来说如同天方夜谭，遥不可及。然而从那一刻起，飞入太空的梦想就像大风吹来的一粒粒种子，吹进了陕北的山沟沟中、吹进了朱家沟村的一户寻常人家里。

也是从那一刻起，懵懵懂懂的少年何小虎，记住了航天、载人飞船、发射场、“神舟五号”，记住了航天英雄杨利伟的笑容与眼神。

2

何小虎，1986 年 11 月出生于陕西省延安市宝塔区青化砭镇朱家沟村的山沟沟中。

朱家沟村，村庄不算大，只有 120 多户人家。村边有一条细长的河，名叫蟠龙河。

朱家沟村，这个偏远却又美丽的小村庄，是何小虎的人生起点，也是莽莽群山中一只鹰或一朵白云的起点。

自何小虎记事起，父亲就不时流鼻血。大人们说父亲得的是白血病。何小虎听了，也不知什么叫白血病。父亲的病令母亲很疲惫，很憔悴。何小虎记得，母亲为了寻医问药，跑了很多地方，甚至还从民间求了些偏方。回到家，母亲就给父亲煎汤熬药。再后来，家里穷得无钱买药，母亲就上山采些草药，用罐子煮了给父亲吃。何小虎七岁半那年，父亲还是走了。

父亲去世时，本就清贫如洗的家，已到了揭不开锅的境地。也是这年，比何小虎小三岁的妹妹还没有学会走路，还需要不时被母亲抱在怀中。村里人纷纷议论，往后这家人可怎么活啊。母亲苦苦撑了两年后，在村里人的撮合下重组了一个家，这让何小虎有了继父。后来，何小虎又有了一个妹妹和一个弟弟。那些年，家中尽管有了男劳力，可是由于孩子多，依然很贫困。

母亲是要强的，继父则寡言少语。所以，家中大小事都是由母亲决定。继父呢，只是默默地支持母亲的决定。那些年刚过完春节，为了挣钱养家，继父就背起铺盖卷到三百里外的一家油田公司打工去了。母亲呢，则负责在家种田，带孩子。家里只有一些河道地。母亲说，光靠这些地，全家人吃饭都不够，无论如何得再开垦一些。当时刚开春，土地上还带着冰碴儿，母亲就上了山，已上小学的何小虎跟着母亲上了山。母亲搬石头，翻地，何小虎跟在后面锄草、拔草。整整一个春天，何小虎只要不上学，就跟着母亲在山上开荒。夏天来临时，母亲和何小虎终于在山上开垦出了大半亩山地。

何小虎看到村里的小伙伴在挑水，自己也要回家试试。由于个子太小，根本挑不起水桶，于是就把扁担两头的钩链卷起，再挂上水桶。何小虎再试，终于可以挑起水桶了。何小虎很骄傲，认为自己长大了，就挑着水桶

何小虎在北京水立方

到六七百米外的蟠龙河去挑水。打好了满满两桶水，试了试，挑不动，就改为半桶。那一路，尽管肩膀被扁担压得生疼，但他却坚持着将水挑回了家。回到家，何小虎很骄傲地告诉母亲，自己可以挑水了。

从此，每天一大早，何小虎又多了一项家务活，即到蟠龙河去挑水。当然了，他每次只能挑两个半桶水。挑完水，何小虎才背起书包进村中小学上学。中午，何小虎放学回到家，还要哄弟弟妹妹们玩。天黑了，土窑里没电。母亲为了省灯油，往往是天都黑了很长时间，窑洞里什么都看不清了，才舍得把煤油灯点亮。

何小虎也想像同学们一样，回家可以做作业。但是，他根本没有做作业的环境，也没有时间。以至于整个小学期间，何小虎都没有在家里做过作业。小学毕业时，他似乎学了一些东西，又好像什么也没有学。对于周围的一切，都懵懵懂懂。至于长大了想干什么，有什么理想、梦想，更是想都没想过。

可是，何小虎也许并没有注意到，朱家沟村在给他劳苦与磨砺的同时，也在悄无声息地给了他少年的希望与力量。

何小虎已经忘记是怎么升上初中，怎么跨进初中学校校门的了。他只知道，初中学校不同于小学学校，小学学校在朱家沟村走上几百米就能到；可初中学校却在镇上，离朱家沟村有七里路。初中开学了，母亲本打算让何小虎步行上学。可是当天，村子里一同到镇上读初中的孩子都有一辆自行车，只有何小虎没有。母亲一咬牙，给何小虎买了一辆带横梁的二手自行车。

这七里路，去学校时是下坡，20 分钟就能到；放学回家时则是上坡路，需 40 多分钟。对此，何小虎却特别知足，感谢母亲给自己买了辆自行车。

尽管学校的伙食费不贵，但家里太穷，为了多少省点儿伙食费，何小虎中午放了学，从来舍不得在学校吃食堂，总是骑上自行车匆匆地回家吃饭。吃完饭，再回学校上下午的课。

自行车有些老旧，不是掉链条，就是车胎漏气；可何小虎依然把它当宝贝，十分爱惜它。若是遇上下雨天，为了不让自行车沾上泥水，他便舍不得骑，宁可徒步去上学。逢年过节，母亲走不开，何小虎就骑上自行车，去西边的延川县看望外婆外公，一骑就是六七个小时。

放了学，别的同学要么在家做作业，要么玩游戏；可何小虎，依然只能帮着母亲干活。读六年级时，继父还在外面打工，母亲对何小虎说，你弟弟妹妹都开始长大了，咱家这一口破窑洞都快挤不开了，得建房子。母亲是说干就干的性格。没几天，她就在大路边选了一块山坡地，准备建房子。没钱雇推土机，母亲就用镢头平整高低不平的山坡地。这时的何小虎也有些力气，到了星期天就跟着母亲去平整房基。建房时，继父也请假回来了，还请来了建

何小虎在北京圆明园

筑队。没过几个月，一栋新房子就建好了。房子盖好，继父继续外出打工。朱家沟村，这时又到了种菜的时间。何小虎家也有菜田，母亲和何小虎有分工，母亲负责栽种，何小虎负责挑水。每天放了学，何小虎就一担接一担地到河道挑水。西红柿成熟时，何小虎就帮母亲到山坡地采摘西红柿，然后再陪着母亲骑三轮车走村串巷卖西红柿。

有一天，镇上赶大集，何小虎在学校上课，母亲一个人骑着三轮车到了镇上。何小虎放学回到家后，上山坡地摘了两筐西红柿，然后等母亲回家，与她一起去卖。他左等右等，也不见母亲来。这时，村里的一个长辈走过来说：“小虎呀，你母亲骑三轮车去卖西红柿，被汽车撞了。现场事故还没处理呢。”何小虎听了，脑袋嗡嗡地响，不知如何是好。过了一会儿，他把两筐西红柿放到独轮车上，一个人去临近的村庄卖西红柿了。他是这样想的，西红柿都摘下来了，若不及时卖掉，就烂了。一星期后，母亲出院回到家，看到何小虎正手忙脚乱地给弟弟妹妹们做饭。母亲问：“山坡上的西红柿怎样了。”何小虎说：“这几天，我每天都卖一些，卖西红柿的钱我没有花，都放在抽屉里了。”

到了读初三那年，由于继父在外打工赚了些钱，山上新开垦的山坡地也可以种土豆了，何小虎家的生活略有好转。所谓“略有好转”，就是一家人可以吃饱饭了，早中晚一日三餐，可以吃上大白菜酸菜和土豆了。可是，家中也只能吃得上大白菜酸菜和土豆。母亲把大白菜酸菜腌了一大瓮，搁在院子里。土豆是家常饭菜，由于只有土豆，只好变着花样做，有土豆丝、土豆泥、蒸土豆，也有将土豆切丝拌上面再蒸然后做成的洋芋擦擦。母亲若是做一锅小米饭，在何小虎和弟弟妹妹们看来，已是相当奢侈的了。

繁重的农活，挤占了何小虎的学习时间。不知不觉中，何小虎萌生了辍学的想法。当时，本村和周边村里的辍学年轻人大都去了广东东莞一带的电子厂打工。何小虎大伯家的哥哥、姐姐，都是初中没上完就去了广东。过春节时，大伯家的哥哥、姐姐从广东回来，都带回一些钱。何小虎看了特别羡慕，问大伯家的哥哥、姐姐，如何才能去打工。何小虎把想到广东打工的想法说给母亲，母亲倒是没有反对，只是说：“你想到广东的电子厂打工可以，但是，咱家没有多余的钱，去广东的路费得自己挣。”

怎样才能挣到路费呢？何小虎想到有个干泥水工的亲戚，就去找那个亲戚。那亲戚在当地的一家水泥预制厂上工。见了何小虎，就开门见山地说：“就你家这经济条件，还上什么学啊，跟着我学做泥水工吧，学会咱这一行，保你不愁吃不愁穿。”何小虎到了水泥预制厂，厂老板对何小虎说：“干满一天24元工资，你干不？”何小虎说：“可以。”老板又说：“中午水泥厂不管饭，得自己带饭，知道不？”何小虎答：“知道了。”

何小虎的工作是每天用小车推水泥，有时也搬砖。何小虎一气干了24天，挣了576元工资。领了工资，何小虎就把水泥预制厂的工作辞掉了。临走时，何小虎跟亲戚打招呼，说自己挣到钱了，不想干了。亲戚听了，很惋惜地说：“这么好的工作，你怎么说丢就丢了。”

正当何小虎准备买火车票去广东时，一个同学对他说：“小虎啊，高中开始报名了，你报不？”何小虎说：“不考了，我得去打工。”哪想到，这话被屋子里的何小虎母亲听到了。母亲走出屋对何小虎说：“刚才我听到你的同学说要考试了，你是不是先去考一考。”何小虎说：“算了，不考了，我就是考了也考不上，还是去打工更好。”母亲说：“这事儿我也拿不准主意，要不，我带你进城问问你二舅吧，你二舅常年在城里，见识多，让他帮着拿个主意。”

第二天，母亲带着何小虎进了城，到了二舅开的羊肉面馆。母亲说明了情况，二舅当即对何小虎说：“上学啊，当然得上学啊，这事儿我做主了，缺学费什么的，找我就行。”

二舅的话让何小虎犹豫起来，上学还是打工，何小虎也不知该如何选择了。母亲仿佛想起了什么，对何小虎说：“我看你二舅说得在理，何况，这些年人家北京的那位好心教授还一直在帮我们，如果不上了，也对不起人家的帮忙啊。”母亲说的那位北京教授是中国人民大学的龚自豪。自何小虎读小学三年级起，龚自豪每年给何小虎500元资助费。

母亲的劝说，二舅的支持，终于让何小虎收回了辍学的想法。就这样，母亲带着何小虎到宝塔二中报了名。同去报名的，还有何小虎的妹妹。考试成绩下发后，何小虎和妹妹一同考上了宝塔二中。何小虎清楚地记得，他455分，妹妹466分。妹妹比他多了11分。何小虎也想不到，小自己三岁的妹妹，考试成绩居然会超过他。这成绩也出乎母亲的意料。母亲原本以为妹妹考不上，这下可好，家中一下要供两个高中生，母亲有了畏难情绪。母亲就对妹妹说：“我听村里的一个老高中生说，你和你哥考的又不是省重点高中，要不，你俩就只上一个吧。”母亲以商量的口气接着说：“你看，是你上还是你哥上？”妹妹听了母亲的话，有点儿发蒙，过了半天，妹妹眼里噙着泪珠儿对母亲说：“还是让我哥上吧，他是男孩子，以后家里就靠他呢。”见妹妹这么说，母亲的眼圈红了，说了一句：“谁叫咱家穷呢，唉！”

妹妹放弃了读高中，在家帮着母亲种田，做家务。宝塔二中报到那天，妹妹和母亲把何小虎的被褥、生活学习用品打了包，把何小虎一直送到了镇上的汽车站点。开往延安方向的中巴汽车来了，母亲说：“到了学校就好好学，不用惦记家里。”妹妹站在母亲身后，低头咬着嘴唇，不说话。

3

来到宝塔二中，何小虎才发现，学校没有学生宿舍。学校附近的同学，大都回家住。何小虎离家百里路，回家住是不可能的。何小虎不得不去租房子。他在学校周边，一家一家地找，一家一家地问。房子倒是不少，可租金大都在每月 60 元至 100 元之间。这个价格并不算贵，可对何小虎来说，是无法承受的。

到了第四天，天空下起了雨，又湿又冷。何小虎心里盘算着，今天无论如何也得找到房子，不能再流浪街头了。下午，他在学校后面村子里的一座山上，发现了一个比较偏远的窑洞。他找到窑洞主人，问房子能不能租。窑洞主人是个实在人，说："这房子都空了两年了，你要租也可。"何小虎问："租金多少钱。"窑洞主人说："我家从来没有出租过房子，也不知租金怎么收，你就看着给吧。"何小虎想了想，别的窑洞租金最低是 60 元，那我就给 50 元吧。拿定了主意，何小虎开口说："每月 50 元行不。"窑洞主人点了点头，"行，没问题，你说 50 就 50。"何小虎见窑洞主人答应得这么痛快，觉得自己给的价钱有点儿高了，就想再降一降。何小虎很为难地说："50 元是不贵，可我家太穷了，能不能再降一降。"窑洞主人很爽快地说："好吧，那就 30 元一个月。"

住进窑洞后，何小虎才发现这窑洞为什么会空了两年没人住。这窑洞在山上，出入都是陡坡，腿脚不好的人，根本住不了。最要紧的是，窑洞内没有电，也没有水。晚上，没有电，何小虎要学习了，只好下山去买蜡烛。用水，则需提着铁桶到山下村口的井中取。

何小虎买了一大把蜡烛，不到半月，就用光了。何小虎想，既然点蜡烛太费钱，那就改为点油灯。他就将空墨水瓶改装成油灯，买来灯油，点油灯。吃饭呢，当然是自己动手做。何小虎舍不得花钱买蔬菜和肉，每天的饭大都是煮面条加咸菜。

何小虎学习很努力，很用功，可学习成绩并不理想。何小虎想不明白为什么会这样，找老师请教，想找到原

何小虎在故宫

因。老师不客气地说："你的初中基础知识都没有掌握好，也不知你是怎么考进高中的，能有这样的学习成绩，已经很不错了。"何小虎心想，老师说得也没错，自己初中三年，上课时间都不安心，放了学不是去种田，就是外出摆摊卖东西，根本没有认真学习过。别的同学回了家都可以做作业，他却从来没有做过什么家庭作业。尽管如此，何小虎还是想把学习成绩提上去。他隐隐约约地感到，今后要想成为航天英雄杨利伟那样的人，就得把学习成绩搞上去。从此，何小虎开始暗暗地用功。放了学，同学们都出去玩了，他却躲进山上窑洞学习功课。转眼之间，就到了期末。期末考试，何小虎的学习成绩居然有了大幅提升，由全班中游提升到了第 5 名。

读高三时，何小虎开始了解上一届同学的高考情况。8 个毕业班，考上本科的不到 10 个人，不少同学都读了大专。何小虎所在的班级是高三六班，不是学校的重点班。在班内，他只是第 5 名。其实，就算他是班级的前三名，能考上本科的可能性也不大。除非他能进入班级前两名，才有可能考上本科。

可是，他在学习上无论怎样努力，学习成绩都无法进入班级前两名。但是，他又不甘心落后。他一心想着通过上学这条路，走出延安，走出陕北，就算不能成为杨利伟那样的航天英雄，至少也要做一个对社会有用的人。

该怎么办呢？他又想到了二舅。在他眼中，在城里开羊肉面馆的二舅简直就是智多星、诸葛亮。他找二舅谈了自己的学习情况。二舅告诉何小虎，他毕竟是开面馆的，哪知道高考和就业的事，但他有个远房亲戚在咸阳的一所大学当老师，说按辈分何小虎该给那个亲戚老师叫姨姥娘，可以去问问她。何小虎听了二舅的话，就去咸阳找那位当大学老师的姨姥娘去咨询一下。

那位亲戚对何小虎说：“你不是喜欢航天吗，按你的这个学习成绩，考本科的确有些难度，但并不表示你就没有出路。如果你想走航天这条路，你可关注一下航天工人这个方向。要知道，中国航天，不仅有科学家，还有工人。”那位亲戚建议何小虎报考陕西工业职业技术学院，说这个学院的机械制造与自动化专业很有潜力，可以重点考虑。可这时的何小虎根本不知啥叫机械制造与自动化，便问：“好就业不？”

在当时的何小虎看来，如果毕业了找不到工作，这大学就没必要上了。亲戚说：“当然好就业了，你毕业后可以到航天部门去当车工或铣工，当然也可以到别的单位。”

何小虎问："啥是铣工，干铣工是不是拿着高压水枪洗东西？"何小虎把那位亲戚说乐了，那位亲戚说："那可不是拿着水枪洗东西，等你入了学，就明白了。"

经那位亲戚这么一讲，何小虎的焦虑情绪少了许多，心里开始亮堂起来，仿佛抓到了一束光。于是，何小虎有了自己的意向，即考大专，考陕西工业职业技术学院。

高考时，何小虎只填了陕西工业职业技术学院。老师问："不考虑别的院校了。"何小虎答："不考虑了，就这个。"老师提醒他，别看这是一个职业学院，可并不好考，要知道，这个院校在全国同类院校中排前五名，录取分数线并不低。然而，何小虎也不知从哪儿来的底气，居然异常坚定地说："我哪儿也不去了，就考这个学院。"

高考成绩下来了，何小虎一看自己的分数，根本不够陕西工业职业技术学院的录取分数线。何小虎很失落，心想，既然分数不够，那就说明自己不是上大学的料，还是算了吧。他又开始琢磨怎样去广东的电子厂打工了，还给在广东的大伯家的哥哥、姐姐分别打了电话，咨询什么时候可以去广东。

然而一波三折，一个月后，何小虎接到了通知，说陕西工业职业技术学院开始补录考生。面对补录，好几个同学都放弃了原来选的机械制造与自动化专业，改选录取较容易的专业。可何小虎却再次选择了机械制造与自动化专业。有同学问他：“你就不换个保险一点儿的。”何小虎说：“就这个专业了，如果不能录取，我就去打工。”

这次，何小虎之所以如此肯定，是因为他了解到了一个情况，如果从机械制造与自动化专业毕业，就有机会进入西安航天六院发动机公司。而他，只有进了西安航天六院发动机公司，才有可能实现他心中那个看上去遥不可及的航天梦。

是否可以这样说，对一个少年来说，最好的财富其实并不在于出生于城市还是乡村，也不在于家庭是否富有，而在于是否有一个高远的梦。

少年苦心，天不负。正是这次补录，让孤注一掷的何小虎终于拿到了陕西工业职业技术学院的录取通知书，并且是机械制造与自动化专业。

第二章 梦想为太空再造一颗星辰

1

何小虎进入陕西工业职业技术学院没多久，就见已毕业的几位学长来学院做报告，讲说西安航天发动机公司的工作怎么怎么好，待遇特别高，一个月能挣三四千元。学长的报告，让原本就有一个航天梦的何小虎异常兴奋。何小虎对自己说："我如果能到那个发动机公司工作，就当最优秀的工人。"

可以说，何小虎在大一时就开始了自己的职业策划与准备。他不时告诫自己的依然是：既然选择了当工人，就当最优秀的工人。他清醒地认识到，由于自己没能考进重点大学，今后想当大科学家、想成为科技领域的设计者与研发者看来是不太可能了。但是，他并没有灰心，他告诫自己：条条大路通罗马，既然当不了设计者与研发者，那就争取当最好的制造者，当最优秀的工人。

不能设计一颗星辰，那就制造一颗星辰。务实、踏实、扎实、真实，这是何小虎的性格特点。他不好高骛远，但也不自怨自艾。他了解到，要想进西安航天六院发动机公司，也就是大家口头上天天说的“西发公司”，学习成绩必须排到全班级的前十名才有希望。

明确了方向和目标，何小虎的拼劲上来了。为了把成绩提上来，他不放过学院的任何一堂课。为了听得更清楚，也为了能够与老师更好地互动，每次上课，他总是早早就来到教室，只为了能够坐在第一排。他的原则是，能坐第一排，坚决不坐第二排。他说，如果不坐在第一排，不坐在老师的眼皮子底下，他很难保证自己不在课堂上开小差、玩手机。为了不给自己开小差、玩手机的机会，他就得争取坐在第一排。

何小虎心里明白，当工人最关键的就是手上的功夫要过硬才行。他提醒自己，课堂上听课重要，但实习操作同样重要。入校不久，他走进实习工厂，见到了大型车床。很快，他就喜欢上了车床，觉得车床就像他最好的朋友。以至于他每次来到实习工厂，就像鱼儿入了水一样，无论待多久，都舍不得离开。实习课下课了，同学们都走了，他还是赖着不想走。

一年后，实习课结束了。按照学院规定，他已完成实习，就不可再随便进入实习工厂。对此，何小虎有些着急。他想，这怎么行，我要是不继续待在实习工厂，就不可能练出过硬的技术。怎样才能取得实习老师的信任呢？一心想泡在实习工厂的何小虎，眉头一皱，计上心来，何不给实习老师打下手去。他说干就干，第二天，他在教室一上完课，就来到了实习工厂。当时，实习工厂正在下课。他看到同学们走后，就帮着老师打扫卫生、搬搬板凳。干完活，他还不走。他对实习老师说，自己特别喜欢车床，想多练一练，能否让他继续留在实习工厂。

实习老师答应了何小虎的请求。从此，他每天以帮老师打扫卫生或打下手的名义，去蹭实习课。久而久之，他与实习老师的关系，居然由单一的师生关系发展到亦师亦友的关系。周六，实习老师会把他叫到家里吃饭。天黑了，他要回宿舍。实习老师说：“就在家住吧，我书房里的书，大都是机械制造与车床加工方面的。你可随便翻，就当是你的书好了。”令何小虎特别感慨的是，他的师娘也很好，会给他做最好吃的饭。吃过饭，他就继续跟实习老师探讨学习上的事儿。

不知不觉，何小虎比身边的同学多学了大量的操作技

何小虎在大学校园

能。实习老师还教了他一些平时不教的看家本领——刃磨刀具。好车工一把刀，这是车工的行话。只有学会了刃磨刀具，干起活儿来才能得心应手。毕竟，刀具算得上车工的撒手锏。谁善于刃磨刀具，谁的刀具好，谁的工作效率就高，谁加工的产品质量就好。只是，这刃磨刀具是高难度的技术活。刃磨时，刃磨者不能戴手套，需徒手将刀具放置在高速旋转的砂轮上。每当磨完一把刀，何小虎满身都是飞溅的沙砾。刚开始，何小虎动不动就磨伤手指。

对于实习工厂，何小虎喜欢得不得了，然而有些同学却不怎么喜欢。毕竟，实习工厂的机械加工是一种重复性劳动，单调又乏味。可是，何小虎总能找到其中的乐趣，还一次次地去挑战加工速度和难度。在实习工厂，当他可以用每分钟 200 转的转速加工工件的时候，他就给自己提速，直至提升到每分钟 1500 转的极限速度。挑战，让他在单调又乏味的机械加工中，提升了操作水平，强化了反应能力。以至于每天，他总是反复练习到凌晨时分才回宿舍。

只要有训练学习的机会，何小虎就不会轻易放过。别看何小虎在学习和训练上天天有使不完的劲，其实他有好多时候，是饿着肚子进教室或实习工厂的。

全班同学中，何小虎的家庭是最穷困的。为了买书、买生活用品，他不得不挤出时间到校外找活儿干。大一时，他没了生活费，问母亲要，母亲只给了他 50 元。不到一周，50 元就花没了。再后来，他连吃饭都成了问题。眼看着手中的饭票越来越少，何小虎就舍不得到食堂买菜了，每次只买两个馍馍。后来，饭票只有几元钱了，不敢再买两个馍馍，就改为只买一个馍馍。要知道，当时何小虎正是长身体的时候，放开吃，别说两个馍馍，就是三四个馍馍也吃得下。每天只吃一个馍馍，让他在课堂上饿得两眼发花。饿极了，他就喝水，不停地喝水。有同学发现了，问他怎么不问家里要。可何小虎知道，母亲手上已没有多余的钱，继父挣的那点儿钱还不够弟弟妹妹们花的。要想吃饱饭，只得靠自己。

宿舍楼前是学校食堂的一家面馆。何小虎坐在宿舍上铺，透过窗户正好看到老师和同学们在面馆进进出出。本就饥饿难耐的他，再也坐不住了，于是从上铺跳下来，穿上鞋，恍恍惚惚地走出了宿舍。不知为何，他走着走着，居然不由自主地进了面馆。来到收银台前，他愣住了。他想，自己这是来干什么呀？来吃饭，手上却没钱；不来吃饭，那干吗来这儿。他想了想，苦笑了一下。这时，收银员问他："有事吗？"何小虎想都没想，就蹦出一句："你们老板在吗？"收银员抬起头，朝面馆后厨方向指了指。他沿着手指的方向，来到了后厨前，正想进后厨呢，却有人拦住了他。他说："我要找面馆负责人。"那个人说："我就是负责人，你有什么事。"他说："我想吃饭，想帮着面馆干活，可搬货、择菜、刷盘子。"负责人说："你去别的地方看看吧，我们这儿是学校面馆，给你开不了工资。"何小虎说："我不要工资，啥也不要，我只想吃一顿饭，干完活，让我吃一顿饭就行。"负责人问他："你是个孤儿吧？"何小虎说了实话："我不是孤儿，只是家里太穷了。"负责人有些为难地说："那好吧，明天你放了学就来面馆刷盘子，干完活，我们就管你一顿饭。"何小虎连声致谢。这时，负责人抬腿就要离开。何小虎有些着急地说："能不能别等明天了，我今天就想刷盘子。"负责人拍着何小虎的肩膀说："那好吧，你等一下。"负责人叫来一个面馆伙计，让面馆伙计告诉何小虎怎么刷盘子。

那天，等吃饭的老师和同学们全都走了，刷完盘子的何小虎终于吃了一顿饱饭。

出了面馆，夜已深，灯火阑珊。何小虎心里觉得特别知足，特别温暖，特别幸福。他忍不住低声哼唱了起来。

2

解决了吃饱饭的问题之后，何小虎开始盘算下一个大项目——自费买一把车工刀具。

他知道，要想真正把车床的实操搞好，得有一把得心应手的好刀才行。可是，一把便宜点儿的刀都得近200元，他没有这个钱。没钱，他就去寻找一切能够赚钱的事情。周六周日，他到商场上帮着卖手机。放了学，如果不去实习工厂，他就去帮着某些小公司发小传单、贴海报或是小广告。只要能赚钱的活儿，他都干。他起早贪黑在外面打了两个月的小工，终于有钱给自己买了一把刀具。当他拿着自己的刀具走进实习工厂时，实习老师很是吃惊。实习老师知道，何小虎的家庭是全班级里最穷的，可他居然有闲钱买刀具。

就这样，何小虎这个最穷的学生成了班级同学中最早拥有个人刀具的最富有的学生。这就是何小虎，总能把被动变成主动，把不可能变成可能。

实操重要，但是只有实操还不行。实习老师告诉何小虎，要想让自己真正变强，还得把自己纳入团队，还得依靠团队的力量。实习老师告诉他，曾有一位学生，因为在技术比赛中获得证书，被西安航天六院发动机公司录用了。而这位学生之所以有机会参加技术比赛，是因为他是学院的科技社团成员，否则他可能就没有机会参加技术比赛了。

何小虎听从了实习老师的建议，主动报名参加了学院的科技社团、数模社团、机械创新设计大赛社团。也就是说，凡是与技术有关的社团，他只要知道了，都会参加。果然，参加社团还不到一个月，参赛机会就来了。当时，正是全国大学生数模设计大赛报名期间，何小虎得知大赛通知后，便提议他所在的数模社团以集体的名义参赛。可数模社团的人却说，这可是全国数模大赛，咱们都是高职生，根本无法与人家北京、上海的重点高校数模社团去竞争。

可何小虎内心并不服气，他还是坚持到比赛场上去较量一下。他给大家鼓劲儿说："咱们这次参加，拿不拿名次并不重要，关键是我们可以借此检验我们这个数模社团的真实水平，看看我们比强者到底差在哪儿。"在何小虎的鼓励下，学院数模社团报名参了赛。随后，学院数模社团成员连续数日，没白没黑地讨论方案、查找资料、制定参赛对策。

尽管学院数模社团成员拼尽了全力，但到了赛场上，实力还是不济，没能跻身大赛前列。不过，那次参赛尽管碰了壁，却令何小虎以及学院数模社团的成员们收获了经验与知识，知道了今后该如何去学习。

正是那次参赛，激发了何小虎的斗志。接下来，何小

何小虎（左一）和团队在参加全国机械创新设计大赛

虎报名参加全国机械创新设计大赛。经过两个多月的准备后，何小虎和指导老师从西安来到北京，走进了北京交通大学的大赛现场。进了赛场何小虎才发现，参赛选手大都是“985”或“211”的大学生。看场地期间，何小虎与参赛选手们交流看法。大家一听他是来自陕西的高职学院，对他很不在意。可何小虎心里憋着一股劲儿呢，他在强大的对手面前，并不怯场。上了赛场，何小虎就开始了他的过关斩将，一路开挂，直至获得大赛二等奖。这个成绩，直逼来自北京重点高校的一等奖选手。在当时所有参赛的高职选手中，他获得的是最高的奖项。

3

随后，何小虎在陕西工业职业技术学院一次次崭露头角。课堂上，他不仅是同学，也成了老师。机械加工课上，老师把他当成了助手，请他以学生的角度给全班同学讲如何进行车床加工。

何小虎变得越发自信起来。2009年秋，刚开始读大二的何小虎已开始谋划毕业找工作的事了，并把自己精心制作的简历表大胆投给了西安航天六院发动机公司。

又过了两个月，学院进入招聘期。一时间，不时有西

何小虎（左一）参加全国机械创新设计大赛（慧鱼模具杯）

安、宝鸡、汉中以及外省的大公司前来学校招聘。这时候的何小虎算得上学院最具实力的学生。何小虎数了数，他仅各类专业竞赛奖励证书就有 18 个。可一看招聘单位，如果不是西安航天六院发动机公司，何小虎就扭头离开。有一次，来了一家上海公司，有不少同学都想进这家公司。一个平时很要好的同学问他：“小虎，这上海公司可是国际知名企业，你怎么不报名呢？”何小虎笑一笑说：“这不是航天，我只想进西安航天六院发动机公司。”同学有点儿不解地问：“你就这么确定？进航天部门可不是那么容易的。”何小虎说：“我如果不能进西安的航天，进成都等地的航天也行，如果不是航天单位，我不想考虑。”同学说：“咱们都是高职生，就算进了航天，也上不了太空，当不了大科学家。”见同学这么说，何小虎异常坚定地说：“上初二时，我就想成为杨利伟那样的航天英雄，可现在，我知道我不可能成为航天飞行员，但是，我可以当最好的航天工人，让自己生产的产品进入太空。”

何小虎等啊等，班级的很多同学都找到工作单位了，他却还在等。到了10月，他终于等来了西安航天六院发动机公司的面试机会。可以参加面试了，这让何小虎兴奋得一晚上没睡。何小虎在宿舍里反复琢磨、练习该怎么回答面试官的问题。他生怕出个什么差错，影响面试成绩。不仅如此，他还在盘算，怎样改变一下个人形象，给面试官留个好印象。

衣服，他想到了衣服。是啊，得换一套新衣服了。自进了学院校门，何小虎还没买过新衣服呢。可这次，为了提升自己的形象，他决定奢侈一下，买一套西装。他跑到西安康复路的批发市场，挑来挑去，用100元钱买了一套西装。穿上西装才发现，居然没有一双合适的皮鞋，又外出打了两天工，用所挣的60元钱买了一双皮鞋。皮鞋并不是真皮，是人造革的。不过还好，穿在脚上油亮亮的，依然给了何小虎焕然一新的感觉。

面试前，何小虎决定提前到西安航天六院发动机公司去看一看。那天，他起床后，早饭都顾不上吃，背起书包，就从位于咸阳的学校乘坐公交车向西安航天六院发动机公司赶去。又是换乘，又是步行，等到了发动机公司的大门口，已是上午的11点。他正要进公司，门卫拦住了他，说马上下班了，不得进。何小虎坐在大门口的台阶上等，到了下午2点，看到陆续有人来到大门口，向门卫出示一个牌牌，就可进入。何小虎从台阶上直起身，上前问门卫，自己可以进了吗。门卫说：“想进公司，你有出入证不？”何小虎问：“是不是刚才那些人手中拿的那个牌牌。”门卫说：“是的。”何小虎说：“我没有。”门口说：“那你去保卫室登记吧。”何小虎来到保卫室，保卫室的人告诉他：“我们公司不能随便进，你得告诉我去哪个部门，得有人来接你，才可以进。”何小虎蒙了，他说他一个人也不认识。保卫室的人不再客气地回他：“你不能进，走吧。”何小虎只好灰头土脸地又乘上公交车，回到了咸阳的学校。

正式面试时，西装革履的何小虎看上去自信又帅气。他一五一十地把自己平时取得的成绩汇报给面试官，还从背包夹层中将车工等级证、铣工等级证、计算机证，一个个地拿了出来。面试完毕，面试官有些惊讶地问他：“你真的是应届毕业生吗。”何小虎说：“是啊，我是首次参加应聘。”面试官很满意地冲他笑笑说：“感觉你就像一个工作了多年的车工，很棒啊，小伙子。”何小虎特别兴奋地问：“那我能通过不。”

面试官说：“回去等通知吧。”

4

回到学校后，三天过去了，五天过去了，也没接到通知。何小虎开始变得紧张起来。他开始担心，如果去不了航天六院发动机公司，会不会就无法就业了。

每天天一亮，他就盼着能够接到西安航天六院发动机公司的实操通知。时间一分分地过去了，他也就一分分地期待着。这个等待的过程，令他分外焦虑，分外紧张。他变得不再自信，甚至开始怀疑自己的就业选择是否正确。

这期间，正好有一家大型国企来学院招聘。见到同学们都抢着报名，何小虎也报了名，还以最快的速度通过了那家国企人力资源部门的面试。而工作地点是甘肃省内的一个重要城市，工种也是何小虎最熟悉的车工。对此，学校的老师建议何小虎可以签了合同去甘肃。这次，何小虎动摇了，因为甘肃那边像西安航天六院发动机公司一样，

何小虎（前排右二）和大学同学的合影

也是国家的高端重点企业，如果现在放弃甘肃，还得等西安航天六院发动机公司的实操，也不知最终能不能通过。何小虎告诉那家国企人力资源部门的主管，请再等一等。何小虎思考了整整一晚上，他内心的理智告诉自己，应该选去甘肃，可内心却总有一个声音对他说，就算只有百分之一的希望，也不要放弃西安航天六院发动机公司。第二天一早，何小虎找到那位主管，很抱歉地说："我不去甘肃了。"那位主管说："我们再给你一天，建议你也向家人和老师请教一下，再做最终决定。"何小虎又思考了一天，还是决定放弃去甘肃。

又过了一个星期，何小虎终于接到了实操通知。实操前，有个理论考试，何小虎轻轻松松地顺利通过。到了实操考场，何小虎惊讶地发现，他被安排成了铣工。何小虎慌了，平时自己练习的都是车工，选报的岗位也是车工，要是考铣工，成绩肯定好不了。何小虎鼓足勇气，找到西安航天六院发动机公司人力资源处处长说："我是车工，怎么让我考铣工了，我还是想考车工。"人力资源处处长安排人员调查，发现是工作人员失误，给何小虎填错了工种。何小虎再次来到实操考试区。

负责监考的工段长说："考试区已没了考试用的车工车

床。”何小虎问：“有别的车床也行。”工段长指了指车间角落，那边有一台停用了多年的老旧车床。还说只有这一台了，并且，也不是考试车床的型号。何小虎说：“这总比没有车床好，我能否用这台车床。”而这时，其他选手已拿到了试题，并把自己的刀具刃磨好。开考都十多分钟了，别的选手已进入操作状态，何小虎却还在刃磨刀具。

何小虎（右一）和大学同学的合影

等何小虎刃磨好刀具，考试时间已过了半个多小时。这时，监考的工段长说："这考试一共三个小时，现在已过了半个多小时，给你的时间只有两个多小时了，加油吧，小伙子。"哪想到，仅仅过了一个多小时，何小虎就完成了操作。现场公布成绩，何小虎居然获得了个人实操第一名。

实操结束，选手们纷纷往车间外走。负责监考的那位工段长走上前，拍了拍何小虎的肩膀说："小伙子，等你以后入职了，就来我们车间吧，我看好你。"何小虎忙问："老师怎么称呼？"工段长乐呵呵地说："我姓冯，你叫我冯师傅就行。"何小虎走到门口，发现工作人员在清扫工具，就转身又回到了车间，帮着工作人员抬工具，打扫卫生。考试区整理好了，这时，又一个师傅走了过来，对何小虎说："小伙子，谢谢你了，考生们都走了，你也走吧。"何小虎怯怯地问："师傅，我问您一件事，像我这样的能录进来吗？"师傅打量了他一眼："你是不是就是那个考第一名的学生？"然后笑着说，"你看看你们学院，还有你这样的学生不，如果有，你就推荐，你们有多少，我们就要多少。"那天，何小虎了解到这位师傅名叫毛书宁，是西安航天六院发动机公司的特级技师。后来，毛书宁师傅把何小虎收为自己的弟子。

那天，何小虎记住了特级技师毛书宁这个名字。毛书宁，也记住了何小虎的名字。

5

离开学院的最后一天，班长见了何小虎，特别感慨地说：“小虎，你能被西安航天六院发动机公司录取，我一点儿也不意外，我早就对同学们说了，假若西安航天六院发动机公司只招一个同学，那个同学也肯定是何小虎。”

班长说，两年大学生活，他只在课堂上见到过何小虎。一下了课，何小虎就没了影踪，不是到实习工厂练技能，就是参加各种社团活动以及创新比赛。

第二章 走进航天时光长廊

1

2010年1月，何小虎在到西安航天六院发动机公司正式报到的第一天，穿上了印有“中国航天”字样的航天蓝工装。何小虎激动万分，他哭了。

他还不敢相信，自己已经是一名中国航天工人。穿上航天蓝工装，进入航天行业，这是何小虎向往了多年的梦。他将伴着现实与憧憬、车床与星空的交响，走进并穿越中国航天的时光长廊，开启一名航天工人的寻梦之路。

这一天尽管到来得有些艰难，但能够到来，对何小虎来说，还是无比幸运的。

对于中国航天人来说，西安航天发动机有限公司可不仅仅是一个公司，还是一个能够为一代代航天人寻梦、筑梦的科技高地。西安航天六院发动机有限公司归属中国航天科技集团公司第六研究院，是研制、生产大型液体火箭发动机的专业公司。其主导产品——长征系列液体火箭发动机，以100%的成功率将“神舟”系列以及澳星、东方

何小虎的师父董效文正在指导何小虎（右一）加工零件

红、一箭三星等返回式卫星、通信卫星、气象卫星、实验卫星等中外卫星送入了太空。跨入21世纪，公司为适应国际航天技术新发展，研制生产出了无污染、大推力液体火箭发动机。公司在科研生产方面可谓业绩辉煌，为中国跻身世界航天先进国家之列建立了不朽功勋，对中国航天事业的发展起着举足轻重的作用，曾荣获“全国五一劳动奖章”“全国先进集体”“全国文明单位”等100多种称号和奖励。

进入这个公司，何小虎原来只是奢望，如今奢望居然成真。入职第一时间，何小虎就很骄傲地把这一喜讯告诉了母亲、继父、二舅、外公等所有家人。其实，他也通过母亲、继父、二舅、外公等人，把这一喜讯转告给了生他养他的宝塔乡村，以及陕北的那片骄傲又伟大的山川。

晚上，何小虎还特意给妹妹打了电话，说起当时因家庭特别困难，妹妹不得不放弃读高中的事，说自己现在到了西安，今后有机会一定把妹妹接过来。

2

入职后，何小虎开始思考一个问题：我已经成为航天人了，可接下来，该成为一名怎样的航天人呢？

何小虎（右二）正在参加“工匠入企行”活动

读大学时，同学们就在议论，说我们是职业技术学院学生，又不是名校学生，在职业发展道路上是不会走得太远的。也有同学说，就算是进了重点企业，比如航天六院等单位，但受个人学历等因素的制约，也不可能有什么大的作为。整个大学期间，何小虎身边充满这种失败的论调，可何小虎却不信这个邪。他认为，一个人能够考进什么样的学校，其实受多方面的影响，上了职业技术学院，并不说明一定就比国家重点高校学生的学习力或创造力低。相反，何小虎认为职业技术学院是一个很好的实践平台，在锻炼学生实操能力等方面有着自己的优势。在何小虎看来，只要肯下功夫、肯钻研，自己所在的职业技术学院就是清华大学，就是北京大学。整个大学期间，何小虎就是这样想的，也是这样做的。

入职培训课上，当何小虎了解了中国航天的现状，见到了西安航天六院发动机公司的全国劳模曹化桥时，何小虎惊得目瞪口呆。曹化桥的工作是在钢板上手工加工小孔。他能在只有两张 A4 纸大小的钢板上，加工出 2000 多个不同直径、不同角度的小孔，其中最小孔的直径只有 0.12 毫米。何小虎惊叹，当一名航天工人原来并不容易，手工加工产品的精度居然需要精确到毫米以内。

何小虎作为第十三届全国青联委员参加会议

何小虎了解到，如此精细的活儿不仅需要好眼力，还需要让眼力能够长时间保持最佳状态。因此在工作之外，所有伤眼睛的事儿，所有用眼过度的事儿，曹化桥必定远离。无论是20世纪80年代的黑白电视机，还是20世纪90年代的彩色电视机，曹化桥一眼也不看。早期的BB传呼机，后来的手机，因为屏幕较小，看起来伤眼，曹化桥也不用。曹化桥把所有的眼力、所有的注意力都用到了给钢板打小孔上。

何小虎站在曹化桥身边，目不转睛地看他用手工给钢板打小孔。何小虎边看边想，自己在本年度新招聘工人中，是实操第一名，学习也很刻苦，却也只能把加工精度控制在十几毫米之内。而曹化桥居然能把加工精度控制在零点几毫米之内，并且几十年来经曹化桥手的所有手工产品的合格率均达100%。望着曹化桥流畅的手工操作，何小虎惊呆了，他想不明白，这个看上去与寻常工人并无两样的曹化桥为何能有如此不可思议的功夫，竟然有令人叹为观止的操作能力。在何小虎看来，曹化桥的那双手简直就是神仙之手。

自己如果用上10年，甚至20年的努力，能否成为曹化桥这样的人呢？对此，何小虎认为曹化桥是不可追的，也是追不上的。但是，曹化桥给了何小虎一个启示：只要持之以恒地去努力，在最平凡、最普通的岗位上也依然能够创造奇迹。

曹化桥印证了何小虎在陕西工业职业技术学院读书时的判断：甭管什么岗位，只要肯努力、肯付出，就能有所收获。

曹化桥像一盏明灯，让刚刚入职的何小虎看到了航天人独有的一种航天工匠精神。

3

何小虎的岗位是车间的学徒车工，师父是董效文。

董效文是西安航天六院发动机公司的第二代员工，现在是发动机公司年龄最大、资历最老的员工之一。第一次进车间那天，何小虎发现师父董效文有个习惯，就是棉纱不离手，时不时用棉纱抹擦机床导轨。何小虎不解，问师父为啥要这样做。师父说，他这是跟自己的大师兄学的。棉纱不离手可让车床导轨保持光亮清洁，如果车床导轨有铁屑，可能会让所加工的产品受到影响，产生偏差。

不仅如此，就算是不在车间，董效文的口袋中也总是放着一块棉纱。在董效文的世界里，似乎只有西安航天六院发动机公司。董效文还给何小虎讲当年位于宝鸡凤县红

何小虎作为陕西省十大优秀毕业生代表作事迹分享

光沟的航天六院的故事，讲他当时怎样在红光沟的子弟小学上学，讲子弟小学只有两名老师，数学和语文是一位老师，其他所有课程是另一位老师。

除了何小虎，董效文同时还带着两名徒弟。在三名徒弟中，何小虎最年轻。他既跟着师父学，也跟着自己的师兄们学。何小虎负责一台手动车床。自早晨上班起，他就得一直站在车床边工作。他的工作是把金属原材料安装到手动机床上，确定被卡爪抓牢后，开始用手不停地摇动转轮，直至完成加工，然后把成型为工件的产品从手动机床上取下来进行测量，如果合格就立即清洗，再摆放到指定的位置，至此，一个工作流程完成。紧接着，就再次取来原材料，依照上面程序加工第二个产品。每天，他需加工上百个这样的产品，当然，也就得上百次重复执行上面的工作流程。整个白天，除了中午一个多小时的吃饭和休息时间，其他时间几乎一直在干活。

好多人都觉得这工作有些苦。可何小虎却觉得轻松得很。他认为，若将枯燥的事情、机械的事情用心做，自会找到其中的快乐。工余聊天，与何小虎一同参加工作的两个工友说：“早知道是来干车工，我都不想来这发动机公司了，这活太累太苦不说，挣钱也不多。”何小虎嘿嘿一笑：“这有啥苦的，比我小时候干农活可轻松多了。”

仅仅过了三个月，董效文就开始对何小虎另眼相看。他想不到，自己的这个小徒弟居然如此有耐心，如此肯钻研。所以，后来，董效文就有意识地给何小虎加担子。起初，何小虎觉得师父很信任他，能把重活、难活交给他，令他在师兄们中很得意。可时间久了，何小虎觉得有些委屈，忍不住问师父，为什么总是给自己一些别人不愿意干的重活、难活。可是，师父却不给他多做解释，顶多就说一句不冷不热的话：重活、难活最能锻炼人，要想当一个好车工，就得这样干。

在董效文的带领下，苦倒是真苦，累也是真累，可何小虎进步也飞快。仅仅一年时间，何小虎已能熟练掌握不同型号、不同种类机床的性能及操作技巧，并且还能够加工精度为 0.01 毫米的工件。

正因如此，何小虎才有了一个比较深刻的体会：只有多干活才能得到更多的锻炼；每当多承担一项重活、多完成一件难活，也就多了一份体验、一份收获。

4

何小虎先是跟着董效文学习产品加工，后来又先后拜史永刚、毛书宁、张勇峰、陈建华、周卫民为师。2014 年，西安航天六院发动机公司开展名师带徒活动，何小虎又成了王建刚大师的徒弟，还成了张占军、岳敏劳模创新工作室的成员。与此同时，何小虎又认识了被西安航天六院发动机公司宣传报道的杨峰等多位大师。无论是谁，每一位师傅、师父，对何小虎来说，都是他追逐学习的榜样。

入职仅仅半个多月，何小虎的工作目标和人生方向就渐渐清晰起来：一定要努力再努力，争取成为最优秀的技能工人。但是这样的想法，何小虎只是埋在心底，不敢说出来。这就像春天的草籽，暂时还只能埋在泥土中。当然，也只有埋在泥土中，才能吸收足够的水和养分，然后破土而出。

何小虎在琢磨，怎样才能成为曹化桥那样的劳模，怎样才能成为杨峰、王建刚、毛书宁那样的技能大师。何小虎是个有心人。他认真分析、总结了这些劳模、技能大师们的个人特点和成长历程后发现，他们有两个共同的特点：一是他们都参加过技术比武，二是他们都能把工作干到最好，把寻常工作项目做到极致。

弄明白了劳模、技能大师们的成长秘径后，何小虎下定了决心：也要重走一遍他们的成长秘径。

5

入职后的何小虎，离不开师父的指导。不过，就算是当徒弟，也要当最好的徒弟。何小虎年轻又勤快。车间8点上班，他7点30分就到了。每天，比工友们早到车间半小时。这提前的半小时，他首先帮师父打好开水，再给自己打开水，然后开始清理车床周边环境、打扫卫生，用棉纱将师父的机床和自己的机床擦干净，给设备热机。完成这些，再看一会儿书。中午，车间 11 点 45 分下班，他会一直工作到过了 12 点才离开。晚些时候下班，还有一个好处：等他到了食堂，食堂窗口前排起的长队早就散了，这样也就省下了排长队打饭的时间。晚上下班，他依然最后一个离开。时间久了，身边工友惊讶地说："小虎啊，我终于发现你完成的产品为什么比我们都多了，原来你每天至少比我们多工作一个多小时。"

工友脸上的神情看上去既钦佩又惊讶。工友给何小虎算了算，说："你每天多工作一个多小时，除去双休日，你一个月就多工作 20 多个小时，等于多干了 3 天的活，要是一年下来，你就比我们至少多工作了 36 天。"

西北工业大学给何小虎（左）颁授西北工业大学本科主讲教师资格证书

第四章 在数控代码上对望匠魂

1

何小虎最喜欢的事情就是向自我发起挑战：挑战自己，再战胜自己。他一直想把寻常的事情、最普通的工作干到极致。然而，要想把最普通的工作干到极致，就得不断地训练，再训练。

转眼就到了入职第二年，也就是 2011 年。何小虎想一试身手，参加技术比武。可是，他想归想，却没有参赛机会。何小虎了解到，公司工会有个职工技术协会，曹化桥、张勇峰、毛书宁、陈建华等大师级的师傅们，都是职工技术协会的专家，会在协会组织活动期间给协会成员上课；并且，公司的主要技术赛事也大都经由协会组织举办。

既能学到新东西，还有可能获得参赛机会，这样的技术协会，正是何小虎做梦都想加入的。但是，技术协会的加入条件却异常苛刻。何小虎将自身情况与入会条件对照了一下，一条也达不到。即使入会的基本条件，比如“达到一定工作年限，且获得一定级别的比赛成绩”这一条，何小虎就不具备。何小虎了解到，整个西安航天六院发动机公司有车工数百人，而技术协会中，却只有15名车工。尽管如此，何小虎还是想加入，想成为技术协会的第16名车工。

只要认准了是能够提升自己学习能力和业务水平的事，何小虎必定会全力争取，这是何小虎的性格，也是他的做事风格。何小虎鼓足勇气找到技术协会负责人毛书宁。毛书宁当即就说：“你啊，我认识的，何小虎是不？我很看好你，可你才入职一年多，不太符合我们协会的入会条件，可过两年再来申请。”何小虎说：“能不能放宽条件？”毛书宁有些为难地说：“自协会成立以来，我们还从没吸

何小虎在 2018 年陕西高校大学毕业生建功立业先进事迹报告会暨报告活动闭幕式上

纳过上班时间像你这么短的年轻职工。”

碰了壁的何小虎，并不死心。过了两三天，何小虎找到自己的车间师父董效文，问董效文能不能私下里找毛书宁说说情，让他加入技术协会。董效文见自己的徒弟有如此上进心，打心眼里高兴。董效文告诉何小虎：“毛书宁可不是好说话的。他是我们公司的技术专家，你既然这么想加入技术协会，那我只好厚着脸皮去求求毛书宁。不过，能不能成功我没有把握。”董效文担心一个人的力量不好使，又拉上何小虎的另一个师父马师傅一起去找毛书宁，马师傅又找到了何小虎的师父。

不久，毛书宁把何小虎叫到车间工位上，告诉他：“我们技术协会还从来没有破格吸纳过会员。这样吧，你写个申请书。”何小虎连夜写了千余字的入会申请书，在申请书上说明了自己的入会动机和目的。又过了一天，毛书宁对何小虎说：“光有申请书还不行，年底了，公司有个大考核。你和大家比一下，我们看看你的成绩再说。”

别看何小虎仅仅工作了一年多，但他对自己的业务技能还是自信的。他最不怕的就是技术比赛。为了迎接大考核，何小虎找来普通车床考核参考试题，反复练习，每天在车间一直练习到深夜，直至对参考试题所涉及的加工技巧和工艺流程烂熟于心。自上大学开始，何小虎就养成了一个习惯：只要是自己喜欢的事情，必定会作出百分之百的努力。参加大考核的15名车工选手，都是公司的顶级选手。尽管如此，比赛期间，何小虎依然毫不胆怯。成绩下发那天，毛书宁把何小虎叫到了办公室。何小虎内心有些忐忑，他以为自己的考核成绩不理想，一进门就对毛书宁说：“我是不是没有考好。”这时，毛书宁直起身笑着说：“15名选手，你考了第三名，成绩不错，我们协会的几位老师商量过了，批准你加入我们职工技术协会。”

何小虎，他是西安航天六院发动机公司第一个通过递交申请书加入职工技术协会的会员。接下来，职工技术协会也为何小虎的成才，搭建了一个又一个竞技平台。

2

2011年下半年的一天，何小虎对带班师父董效文说，想学数控加工。董效文说：“咱们这么多年可都是手工操作，你觉得可行，就去学，我不拦你。”何小虎到西安的图书馆去找数控方面的书，查找数日，也没找到特别合适的参考书。后来，何小虎根据母校陕西工业职业技术学院老师的建议，跑到西安的小寨汉唐书城买了两本数控方面的书。他还从网上邮购了一些数控参考书。

何小虎的数控学习，从学习数据指令开始。每天早晨，何小虎把机床热机后，便将读书内容改为学数控指令。他不贪多，且边学边用，每天学一小段。学懂了，就把所学的数控指令应用到产品加工里面。如果觉得好用，效果明显，他就把数控指令毫无保留地快速分享给同事。

学习、摸索了两个多月后，何小虎掌控数控指令的能力开始变强。熟能生巧，不到半年，博学强记的何小虎居然可以把法兰克系统的整本代码像背小九九一样，倒背如流。

何小虎的学习能力，得到了师父和工友们的好评和认可。对此，何小虎并没有停步，而是对自己提出了更高的要求。他把这更高的要求总结为“五个一”：一是不提困难。无论任务多么棘手，多么困难，绝不说不能做。要通过工作实践，去克服困难、解决问题。二是不服输。永不服输，越挫越勇，自己可被打倒，但不可被打败。三是会干活。不蛮干，不盲干，瞄准公司和车间的加工难题去工作，帮公司和车间师傅解决所关注的难题，让自己成为工友们的好帮手。四是不断学习。要持续学习，把各种场合都变作学习场合，把所有可用的工余时间都作为学习时

何小虎在调试设备

间。五是向工友们学。每一个工友都是自己的老师。何小虎如果完成了工作任务，会离开自己的机床到工友们的机床前，去观摩，去思考。他关注的不仅是同类型车床，一些不同型号的老旧机床和新引进机床，他也关注。凡是他不懂的，他都想了解，都想学会。

在工友的机床前，何小虎往往一站就是一个多小时，发现哪儿不懂或不明白，就追着工友问。有一次，工友的加工任务比较繁重，何小虎发现了好几个看不明白的地方，就在现场追问。可工友太忙了，根本没有时间给他一一解答。那天，工友加班到深夜，何小虎呢，就一直陪到深夜。工友干完活，说："你怎么也不走？"何小虎笑笑说："你加工产品的工艺流程太完美了，可我有几个地方就是看不懂，我想向你请教一下。"何小虎帮工友清理完场地，才和他一起走出了车间。那个深夜，繁星满天，天气还有些冷。何小虎和工友各自推着自行车并排走着。工友把自己的加工技巧和心得，一五一十地全都说给了何小虎。

3

2012 年，西安航天六院发动机公司组织理论学习。学

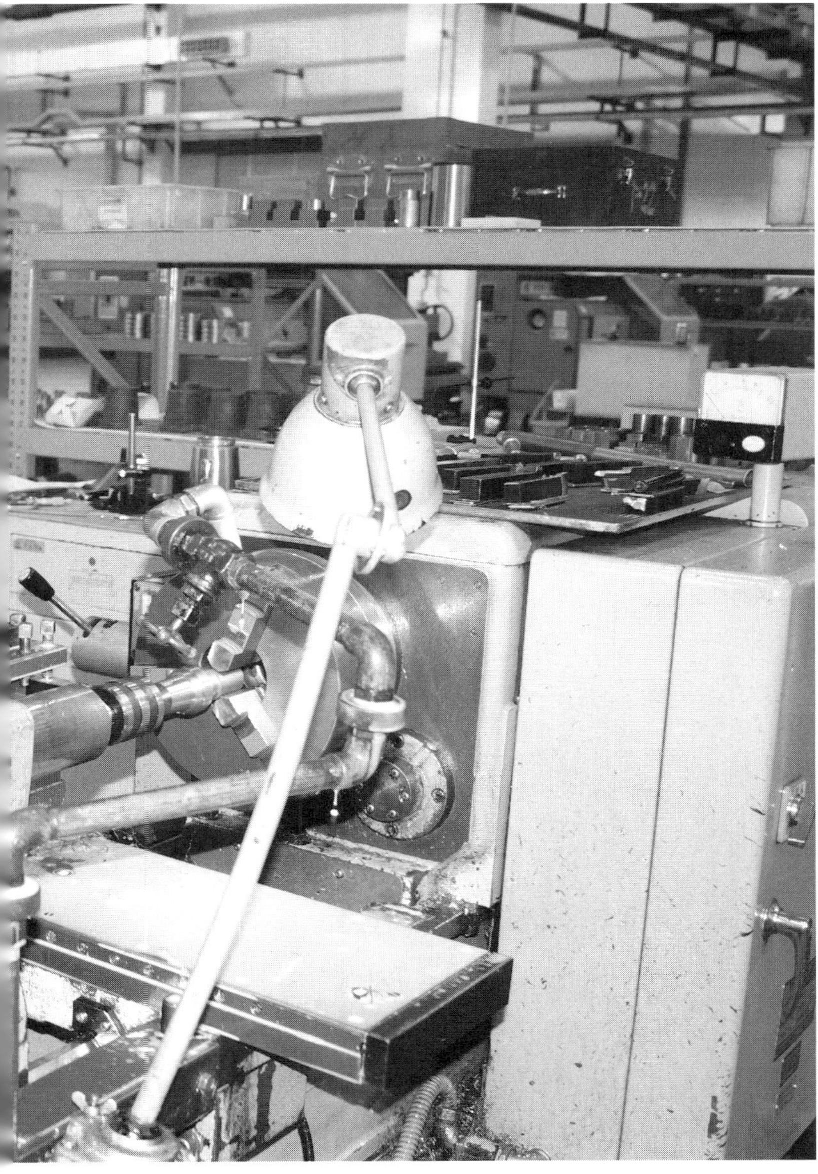

何小虎在参加西安航天发动机有限公司的技术比武现场

习时间限定在周日，学习期长达10个月。通知下发后，好多员工有抵触情绪，不愿意学。何小虎身边的工友议论道：“周六加班干产品，周日还要参加什么理论学习。我们不想参加，也不想学。”

何小虎对此深有同感：周六加班也就算了，没想到周日也不放过。可是，这理论学习是西安航天六院发动机公司组织的，并且明文规定，不允许请假，如果旷课就开除。何小虎强打精神应付了两天后，转念再想：公司组织的这个理论学习，其实也是一个难得的学习机会。何不借用这次学习机会，好好地巩固、提升一下自己的理论水平。

观念一转，动力就来了。第三天，何小虎早早地到了教室，坐在了大家都不喜欢坐的第一排。坐第一排是何小虎的听课经验：不仅可减少开小差的机会，还能听得清楚，再者与老师交流的机会也多。上课时参加学习的好多工友昏昏欲睡，他却听得津津有味。那次长达10个月的理论学习，扩大了何小虎的航天工程理论视野，让何小虎更清晰地看到了自己接下来努力的方向。

要想成为航天工匠，就得学习再学习，思考再思考，就得把所有的技术平台用好。西安航天六院发动机公司开展“五小”成果评选。无论小发明、小革新、小创造，还是小设计、小建议，都是些小事物。可何小虎对“五小”成果评选这个技术平台却特别重视。他认为，“五小”成果并不小，好多成果对航天、对公司的发展有着举足轻重的作用。

在车间技术交流会上，何小虎坦言：“在车间加工领域，小就是大，只有抓住了小改小革，才能抓住更大的技术与成果。”仅 2012 年，何小虎完成的“五小”成果就有六七项，其中“汽蚀管辅助工装”获公司“五小”成果二等奖。也是当年，因为有了一个个“五小”成果，何小虎被评为西安航天六院发动机公司技能明星。

4

2013 年，中国航天科技集团有限公司举办职业技能大赛。

选拔赛期间，何小虎信心满满。从参赛准备，再到赛场实操，他都尽了最大努力。他以为自己能稳拿前三名，入选更是没问题。当时，尽管参加选拔赛的选手大都比何小虎大四岁到五岁，可何小虎不怕。他认为自己尽管参赛经验不足，可实控操作能力并不差。然而结果下来，何小

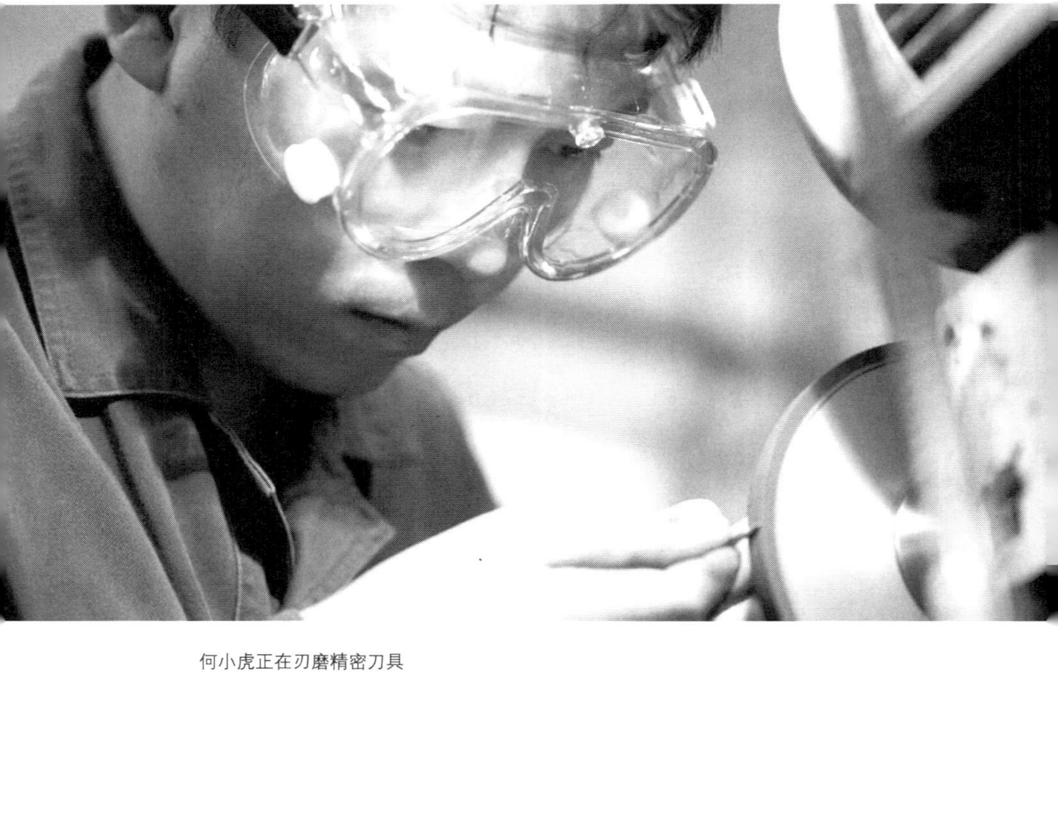

何小虎正在刃磨精密刀具

虎傻眼了，一共入选5名，他只考了第六名，因一名之差，他没能通过选拔赛，被淘汰了。何小虎有些想不通，怎么会这样，难道公司把名次搞错了。可再一想，搞错名次是不可能的。冷静下来后，何小虎仔细分析了自己的参赛过程，才发现，参赛期间由于自己对车床设备的控制出现偏差，致使操作出现了很多失误。

查找到原因的何小虎，有些沮丧。他自从来到西安航天六院发动机公司以来一直是骄傲的，也自认为是优秀的。可是，在难度并不是太大的选拔赛上，他居然败下阵来，不得不为自己的轻狂和大意买单。这次落选对何小虎来说，是个很大的打击。

然而，何小虎的“五个一”第二条就是不服输，永不服输，越挫越勇，可被打倒，但不可被打败。从哪里跌倒，那就再从哪里爬起。他对照失误点，反复思考了近两个月。他把所有的失误细化为三点：一是自己对设备的了解不够。二是对刀具的准备不足。三是程序输入的准确性不够高。这样一分析，何小虎不由得惊出一身冷汗，那股心高气傲的劲儿顿时散去。此时，他才知自己的落选并非偶然，而是一种必然。

对照不足，何小虎给自己定了一个方向——问题面前，强化训练。他给自己制订了一套整改方案：设备方面，过去虽然也曾跟着工友们学习，但学得还不够。所在车间共有车床设备十余种，一有空，必须盯在别的车床设备前跟着学。刀具方面，要自掏腰包从网上购买不同规格的刀具，要借助自己的刃磨特长，亲自磨刀。程序方面，平时干活，要快速练习程序输入。速度有了，再练习准确性。熟练后，实现自行编码、自行编程。

5

因为有了失败的教训，在操作技能训练上，何小虎再也不敢有丝毫懈怠。他坚信，通过努力再努力、实践再实践，一定能把寻常的车工工作做到极致。

不知不觉间，工友们发现何小虎沉默了，然而他的操作水平却在一天天地提高。无论来到哪台设备前，当何小虎打开操作柜，只见那整齐排放的数十把刀具，宛若十八般兵器在等一个武林高手。不管所加工的产品是大件还是小件，何小虎都能在第一时间找到最佳刀具。

熟能生巧。再后来，何小虎不再单手输入代码，开始双手输入代码了。再后来，他居然可以不用让车床空运行一次，就可直接加工工件。所谓“空运行”，就是编好程

何小虎正在数控机床上编辑代码

序、输入代码后，让车床远离工件空运行一次。车工只有确保车床运行准确无误了，才敢正式加工。但是，随着对编程和代码的绝对熟练，何小虎居然放弃了空运行。

艺高人胆大。每天，何小虎热机后，就直接把材料放入车床，让产品一次成型，并且做到成功率100%。

第五章 星光在赛场上闪耀

1

2013 年下半年，从失败的阴影中走出来的何小虎，以崭新的面貌重新来到了赛场上。入职以来，短短几年，他参加航天科技集团各个级别大大小小的比赛近 20 次。只要上了赛场，小到班组级别，大到集团公司级别，他都会认真对待，拼尽全力。

在何小虎看来，走向赛场，不仅可获得成绩与荣誉，还可强化自己的应变能力和实操能力，同时也可对自身的理论水平与实践水平进行全面检验。正是通过一次又一次的参赛以及参赛前的大量准备训练，让何小虎再次变得自信起来。

不过这近 20 次比赛，都是被公司或技术协会推荐才去参赛的。何小虎想，只有跳出本系统，走出去，真正与国内的顶尖车工选手较量一下，才能知道自己到底有多少斤两。到了 2016 年，何小虎终于等来了参加第七届全国数控技能大赛陕西省选拔赛的机会。

何小虎和另一名车工组成了一个两人参赛队，代表西安航天六院发动机公司参加陕西省技术比武。赛场上，何小虎和队友关注的不是个人名次，而是两人组合起来的“双打”实力。当时的何小虎尽管在本单位有了一些名气，但到了陕西全省的赛场上，除了队友，他谁也不认识。赛前，何小虎把自己的加工方案、加工参数全都分享给了队友。而队友也毫无保留地把自己方案的优点和缺点一一反馈给了何小虎。比赛时长有四个小时，何小虎和队友均提前半小时完成了比赛项目。

这次比赛，何小虎和队友完成了一次完美的配合。通过比赛中的几次配合，何小虎发现，队友的实力要远远高于他。比赛结束后，他俩猜测比赛成绩。何小虎很肯定地

何小虎在“2017 西安十佳工匠之星暨西安工匠表彰大会”上

对队友说：“你肯定是第一名，我嘛，应该是第二名。”然而公布成绩时，队友的成绩居然是第四名。原来，在比赛的最后关头，队友因有点儿紧张，看错了加工尺寸，致使其错失第一名。这样一来，本来应该是第二名的何小虎，就提升了一名，成了第一名。

那次比赛的配合，令何小虎和那位队友成了非常要好的朋友。也是通过那次比赛，何小虎明白了一个道理：要想真正把技术发挥到极致，赛出好成绩，还得靠队友之间的配合与支持。

2

获得陕西省第一名，对何小虎来说，是一个莫大的鼓舞。还是2016年，就在陕西省的技术大赛落下帷幕不久，一个更大规模的全国大赛——第七届全国数控技能大赛开始报名。何小虎知道，这个全国数控技能大赛可谓高手云集，比赛更是相当激烈，这么多年，西安航天六院发动机公司以及整个陕西省，都没有获得过好的名次。

这次，何小虎将代表陕西省参赛。赛前，师父对何小虎说：“你有个陕西省的第一名就很不错了，我们陕西省每年都参加全国数控技能大赛，可每次都是去当陪衬。至于获奖，除了杨峰大师，绝大多数人更是连边都没沾过。不少参赛选手，顶多是借机学点儿新东西，要说拿奖，根本是没门儿的事。”何小虎右手摸着脑袋对师父说：“那我就把它当作一次高强度集训吧。”

不满足在陕西省当第一名的何小虎，把方向瞄向了全国。可能否获得好成绩，何小虎心里一点儿底也没有。就如何参赛，何小虎先后向公司的大师级专家王建刚和毛书

何小虎参加第七届全国数控技能大赛

何小虎参加中国大能手比赛

宁请教，询问能不能就大赛搞一次训练。王建刚和毛书宁的意见是一致的，他们都说："咱们公司以前没有这样的先例，想参赛，只能自己找地方去训练。"毛书宁给何小虎推荐了一家技师学院。何小虎谢过两位大师，乘公交车赶到了距离西安航天六院发动机公司两小时车程的技师学院。

学院培训部的人说："你可以来训练，但是要交培训费，一天1000元。"何小虎没想到培训费会这么高，思忖半天，何小虎开口说："我是自费，能不能优惠一些。"培训部的人笑了："你这样的学员我们还是第一次遇到，想来训练，还讨价还价。"何小虎这时说："听口音，你也是延安的吧。"对方说："我是延川县的。"何小虎套近乎说："我是你的邻县，宝塔的，我刚工作没几年，家庭条件也不好，平时发的工资，除了日常必需开支全都交给母亲了，我手上的钱太少了。"培训部的人打断了他的话，笑着说："原来咱们还是同乡啊，你的意思我明白了。"何小虎问："你明白了啥。"培训部的人说："不就是想省点儿花费吗，你等一下，我给我们的主管请示一下。"培训部的人走进了对面一个办公室，过了几分钟，他回到办公室对何小虎说："我们主管同意了，给你一个特殊待遇，一天300元。"

谈好价钱，何小虎返回了西安航天六院发动机公司。他先是到车间请假，说明了训练目的，车间主任准许了。随后，何小虎来到公司的人力资源部门，再次请假。何小虎说：“车间主任已准许请假，我想去参加第七届全国数控技能大赛，已联系了一个技师学院，准备去参训。”何小虎担心不准假，特意强调说：“我去参训，能否按事假算，公司可以扣我的工资，只是别给我按旷工处理就行。”这时，人力资源部的人认出了他，说：“你叫何小虎是不，我们知道你的，你前几个月还获得了陕西省技术大赛第一名，只是像你这样的情况，自掏腰包去参训，我们还是第一次遇到。”人力资源部的人说罢，沉思了片刻，接着说：“这样吧，你想去参训，我们支持，还大力支持，至于训练费用，你就不用管了，咱们公司承担。”见人力资源部的人这样说，何小虎喜出望外，连声致谢。这时，人力资源部的人问：“小虎啊，你还有什么需求，也尽管开口。”何小虎想了想说：“如果可能，公司能否准备一些比赛材料，如果有了材料，我参赛的胜算会大一些。”人力资源部的人倒也爽快，说：“这事儿好办，我们联系公司的供应部门，加急给你出材料。”

西安航天六院发动机公司的全力支持，让何小虎倍受鼓舞。何小虎打算全力投入训练之中。他再次来到了那所技师学院。只是这次，他是带着行李来的，他想找个地方住下来。技师学院在秦岭脚下。他呢，就近在技师学院外面租了一间小房子。进入技师学院厂房，面对一台台数控车床，他就像在荒野捡到了宝贝一样兴奋。他摸摸这台机床，再看看另一台机床，脸上满是欢喜。教练叫他每天练半天，即上午训练，下午休息。可他呢，只想把每一分钟都用来学习。他知道，这个学习机会是多么难得。每天早饭后，他会第一个来到厂房；下午，学员们都在休息，他依然早早地进入厂房。有指导教练，他就跟着教练学；没有指导教练，他就自己摸索着练习。

每天，何小虎上午练，下午练，晚上也练，直到凌晨时分才离开厂房。

3

何小虎要去北京参赛了。身边的好朋友说："你好不容易去一次北京，一定要吃好、玩好。"好朋友还告诉他："咱得承认，论实力，别说我们西安航天六院发动机公司，就是整个陕西省，在数控车床加工方面，与人家北上广的选手也没法比。我们与人家根本不在一个层级。"

何小虎在检测发动机零部件

其实，别看何小虎在训练上十分投入，但他自己心里也明白，自己进京参赛，关键是想以此方式见识一下国内同行业高手，打开自己的视野。至于成绩嘛，对他来说，并不是很重要。

要订票进北京了，师父和朋友都建议何小虎乘坐当天早晨的动车去北京，说早晨乘动车，中午到，下午正好参赛。何小虎一想，这样安排行程的确不错，省时省力还省差旅费。于是，他就买了参赛日一早的动车票。可是，拿到票后，何小虎心里却有些忐忑。当天到北京，路上倒是轻松，却没有熟悉场地的时间。想了想，何小虎就到火车站，退了动车票，改买了参赛日前一天的慢火车硬卧。

何小虎盘算过了，乘坐慢火车有两个好处：一是慢火车行驶时间长，晚上上车，天亮到北京，路上正好睡一觉，可以省下住宿费。二是早晨从北京站下了火车，可提前半天赶到比赛现场熟悉场地。

买好车票，何小虎又开始琢磨，该带什么工具和零部件。刀具，何小虎早就准备好了：已从网上自费买了三把，还精心做了刃磨。距离比赛还有两天的时候，何小虎得知，这次全国大赛指定的设备，是由宝鸡机床厂生产的新型数控车床。这一消息，让何小虎有些措手不及。近几年，他在西安航天六院发动机公司，所操作的设备一直是进口机床。为了最大限度地减少因设备性能、参数差异等因素给自己带来的操作失误，何小虎当即拨通了刚认识不久的宝鸡机床厂宋小佳师傅的手机，向他详细咨询了参赛机床的特点、性能、参数，以及操作中容易出现的故障。

这时，距离比赛还有最后一天了。何小虎看着机床上的卡爪，心动了起来，想把卡爪也带上。所谓“卡爪”，就是车床加工部件时所需的小配件。车床卡爪，看上去不起眼，可作用却大着呢。只有卡爪稳定又牢固，才能确保所加工的工件不松动。何小虎也不知是否允许带卡爪。为此，何小虎通过宋小佳，联系上宝鸡机床厂相关人员，得到一个结论：可以自带卡爪。

晚上，何小虎要去火车站了。想提起拉杆箱，试了几下，根本提不动。且不说拉杆箱里面的日用品，仅两副六个卡爪就重达60斤，再加上刀具等，整个拉杆箱的重量已超过100斤。到了西安火车站，在站台上还好，可以拉着拉杆箱走。可要上火车了，麻烦就来了，何小虎根本搬不动，只好请求列车员帮忙。

第二天早晨，何小虎在别人的帮助下，把拉杆箱搬下了火车。然后，拉着拉杆箱去乘地铁、赶公交。上下车，他依然不得不请求身边的陌生人帮忙抬一下。早晨7点多，何小虎赶到了比赛现场。他向四周一望，只见整个赛场上，只有几个工作人员。他把拉杆箱寄放在传达室，开始挨个了解赛场的场地和设备，又把拿到的一套模拟试题传给远在西安的技师学院的教练，向教练请教如何制订加工方案，以及相关注意事项。做完这些，已是9点多。

何小虎的比赛在下半场，也就是下午。按理说，他可

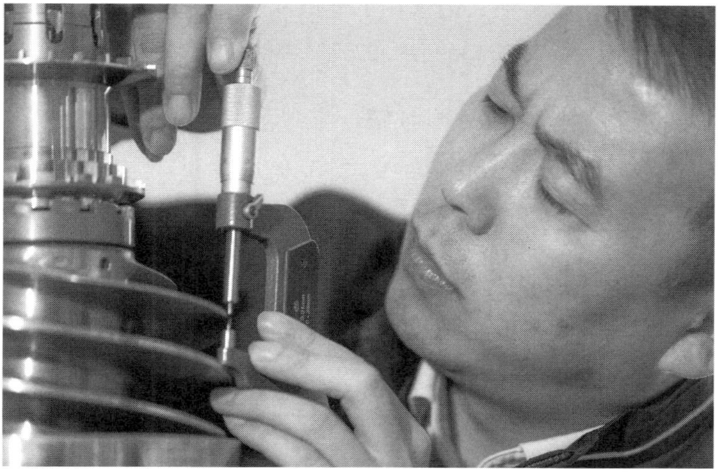

何小虎正在测量火箭发动机零件

以找个宾馆好好地休息一下，只等下午的比赛即可。可他不想放过任何观摩的机会。看到上午的比赛已经开始，他就站在场外观战，边看，边观察、分析选手们的参赛流程，琢磨评委在打分时的取舍。

中午，工作人员开始去吃饭。有人对何小虎说：“一块儿去餐厅吃饭吧。”何小虎从车床边抬起头说：“哎呀，我都忘记吃饭这事儿了，谢谢了，我不饿，你们去吃吧。”当时，何小虎已把吃午饭这事儿忘得干干净净。他满脑子里只有比赛，只有车床。就在大伙儿都去吃午饭的这个时段，何小虎拿出了自己的一个比赛思路，并把一些重要的得分点和注意事项，记录在了笔记本上。

正式开赛后，仅用五个小时，何小虎就完成了考试。何小虎正想取下刀具的时候，裁判对他说：“还有一个小时呢，你怎么这么早就要交卷。”何小虎说：“就这样了，不改了。”

走出赛场的何小虎，又回到了观众席上。何小虎尽管自认为自己的操作非常流畅，可对于获得名次，他却是不敢奢想的。有工作人员走了过来，问何小虎需不需要拍张照片做个留念。何小虎一想，自己又获不了奖，还拍什么照片呀，就谢绝了工作人员的善意帮助。

4

回到西安，何小虎就把北京参赛的事彻底抛到脑后了。有一天，何小虎正在加工产品，突然手机响了。电话是正在北京出差的一位陕西教练打来的，说：“何小虎，你获得了全国第四名，颁奖大会上找不到你，就由陕西省在京人员代你领了奖。”何小虎有些不相信，再三追问：“您说的可是真的？”教练说：“当然是真的，颁奖时我就在现场。”教练放下电话，又用微信发来了颁奖会上的相关照片，还发给何小虎好几条祝贺话语。何小虎看着微信上的颁奖照片，眼泪像断线的珠子一样流了下来。

这个大奖来得太突然，也太艰难了。擦干喜悦的眼泪，何小虎在第一时间把获奖情况，汇报给了车间师父、西安航天六院发动机公司人力资源部等部门的相关专家和领导。下班要回家了，何小虎特意买了一瓶酒和妻子喜欢吃的两包陕西糕点。一进家门，何小虎居然不知该如何说获奖的事了。他太激动了，眼睛又湿了。妻子见状，以为他受了什么委屈，匆忙接过他手里的酒和糕点，问他咋回事儿。何小虎定了定神，抹一下眼泪，又笑了。

何小虎笑着说：“媳妇，你猜今天咱家有什么喜事儿？”

何小虎作为陕西职业技能大赛数控车床项目的裁判长在做技术点评

妻子不解地说："能有啥喜事儿，你捡到宝了？"何小虎说："比捡到宝还重要，你可知道那个第七届全国数控技能大赛？"妻子说："我知道啊，怎么了？"何小虎说："我获奖了，全国第四名。"妻子反问："你回到家不是说根本不可能获得名次嘛，怎么又获奖了？"这时，何小虎已把酒打开，说："我也以为获不了什么奖。我现在都觉得获奖这事儿有些不真实。"

也难怪何小虎一时不敢相信自己真的获奖了。要知道，这可是陕西省参加该项赛事以来的最好成绩。当时的西安航天六院发动机公司乃至整个航天六院，在全国数控技能大赛上，还没有人能够进入前 15 名。

何小虎的另一个想不到是，因为他在第七届全国数控技能大赛上的优异表现，他获得了"全国技术能手"称号。

这次大赛，令何小虎破茧而出，看到了一个更为广阔的天地。

第六章 用青春才智破解加工极限

1

2014 年，大年初六，西安航天六院发动机公司的员工们还沉浸在春节的氛围之中。就在这天，车间接到了一项紧急攻关任务。之所以需要紧急攻关，是因为车床加工的材料很特别。这是一种原来不曾使用且特别昂贵的材料。而由这种材料加工成的零部件，对某种类型的航天发动机来说，又是急需的。

如何才能把这种特别昂贵的新材料使用好，如何才能把合格的产品加工出来，都是难题，都是未知数。

在车间，谁是最好的攻关选手呢？车间工作会上，有人提议让何小虎试一试。大家之所以关注到何小虎，是因为前不久，何小虎代表车间在发动机公司组织的技术比武中获得了全公司第一名的好成绩。用车间工友的话来说，何小虎给车间的兄弟们争了一口气。看到有人提名，何小虎的师父董效文说："别看何小虎入职才几年，还是一个不折不扣的新人，可我早已发现，他头脑灵活着呢，也喜欢动脑筋。我看这个担子可以压给他。"

刚开始，何小虎还想推脱。可是，面对大家的期待与信任，他还是欣然接受了这项攻关任务。他首先要做的是认识材料。每天，他早晨五点起床，翻阅从图书馆借来的有关金属材料的相关图书，发现有用的，就做成笔记。到了车间，他一边做日常工作，一边挤出时间反复试验。周六周日，他就到资料室、档案馆查找资料与文献。40 多天后，他基本了解了新材料的各种性能，并找到了新材料加工的可行方法。但是，光有这些还不行，要想加工出合格产品，还得反复去摸索，去试验。

那段时间，何小虎那个忙碌啊，不是在车间，就是在资料室等处。那时还是妻子的临产期，妻子知道何小虎有

何小虎在 2024『一带一路』技能大赛的现场展馆中为有关领导介绍他的作品——铜镜

脱不开身的工作要做。每次去医院产检，她都是自己打车去。距离预产期只有三天了，产检医生告诉何小虎妻子，孩子很可能是畸形，必须马上剖腹产。见妻子在电话里说得这么急，何小虎慌里慌张地出了车间，打了车快速奔向医院。幸运的是，孩子并无大碍，安全地生了出来，只是体重太轻，只有 4 斤 2 两，不得不送进了保育箱。

孩子进了保育箱后，何小虎又惦记起没有完成的攻关项目。怎么办呢？何小虎有些着急，却又分身乏术。当时，攻关到了最关键时刻，当然离不开他，而医院这边，也离不开他。他啊，只好又打车回了车间，把需要研究的攻关资料全部带到了医院，一边陪护，一边作研究。

就在这个最紧要的关口，何小虎的母亲打来了电话，说继父打工时出了事故，情况很危急，想住院，但住院费却不够，要何小虎想办法。这可如何是好？公司迫在眉睫的攻关项目，医院这边的妻子和孩子，延安老家那边的母亲，都需要何小虎啊。何小虎当即叮嘱妻子照顾好自己和孩子，然后带上紧急筹措的医药费打车去了西安火车站，然后连夜赶到延安宝塔，帮继父交了医药费，第二天上午，他又连忙赶回妻子和孩子身边。第七天，也就是妻子和孩子正式出院后的第二天，何小虎终于用新材料加工出了合格的产品。至此，攻关告捷。

到了 2014 年下半年，在科技攻关上接连告捷的何小虎，遇到了“拦路虎”。

推得精，飞得稳，落得准，是电视新闻中主持人对嫦娥七号月球探测着陆器以及“天问一号”火星探测器推进、飞行、着陆时的生动描述。可大家是否知道，这些航天器之所以能够推得精、飞得稳、落得准，关键在于这些航天器中有一个强大的发动机。若不是发动机将一种强大的反推力给了航天器，航天器的推进、飞行、着陆就无法实现。而此类发动机的最关键部件是燃烧室喷管。

坐在电视机前看航天直播的人们更是少有人知道，此类发动机燃烧室喷管的生产加工攻关者，就是何小虎。

2

在此，笔者且把某种类型的发动机笼统地称作发动机。

发动机所使用的燃烧室喷管，由于结构复杂，所需要的特种材料属于高硬度难熔金属，所以它的加工制造一直是业界公认的难题。西安航天六院发动机公司的技术部门找到了何小虎，请他把这个难题接下来。如实说，当时的何小虎因为家中的事情一个接一个，比如妻子还在月子里

何小虎正在测量火箭发动机零件喷嘴

需要人照顾、继父还在住院治病等，他并不想接下这项攻坚任务。可是，何小虎的性格中有一股永不妥协的韧劲。他想，自己入职才四年半，公司就已如此信任自己，如今，在这样的紧要关头，自己又怎能因为家中的事情而推辞呢？家中的困难，且慢慢去克服吧。何小虎沉思片刻，对技术部门的人说："那我就试试。"

当时，一个非常有利的条件是，何小虎在前期的新材料试验攻关中，已对新材料的性能和加工特点有了全面掌握，新材料，又是加工航天发动机喷管所需的原材料。只是，在上百次试验中，何小虎发现了一个难以克服的困难，那就是在加工时，新材料与刀具总是有冲突。具体说，由于新材料硬度超高，而数控机床所使用的刀具是由钨合金制作的，钨合金刀具切割铌钨合金工件时会出现高温高热，而高温高热，会让新材料产生一种特殊的黏合力。

为了找到冲突原因，何小虎又做了上百次的试验。最终，他发现了一个有趣的规律，只要把刀具切割新材料工件的力度降下来，就可以减少热量。这一发现让何小虎看到了成功的可能性。他开始用改变切割角度的方法降低切割力度，同时尝试使用冷却液。没想到，仅仅换个角度来加工新材料，居然解决了材料攻关中的最大难题——新材料与刀具的冲突。

而科技攻关的最大魔力，正是这山穷水尽、进退两难时，突来的峰回路转、柳暗花明。而这也是吸引何小虎在攻关路上不停跋涉的一个重要原因。

何小虎考虑，这么好的办法，能不能申请个专利。可是，他对专利并不了解，当然也不知道如何撰写、如何申请。他从网上查，去听相关讲座，还把自己的想法讲给公司科技部门的人员，让科技人员帮着想办法。用了四年时间，何小虎终于写下了论文《一种冷却液的制备方法和使用》。

何小虎将这篇论文投给了国内发明专利的审核部门。没多久，广州的一家专利代理机构注意到了这个成果，给何小虎来函，说可代理申请国际专利，代理费 8 万元。

何小虎觉得代理费有些高，也不知单位会不会支持，就拿着函件找到了车间主任。车间主任建议他向公司汇报一下。何小虎就将申报国际专利的事汇报给了公司的总工程师。总工程师对此很支持，告诉何小虎，既然有这么个机会，那就去试试。

2019 年，何小虎收到了世界知识产权组织的第一次回复意见，大意是专利在内容上与别的专利有重复。何小虎手持回复函，心想：照此下去，大概率是通过不了了。可何小虎心里清楚，这项成果的所有一切都是自己研发的，会不会是申报资料没有填写清楚。何小虎全面分析了所申报成果的优势与劣势，连夜填写了补充资料。最终，又过了一年，《一种冷却液的制备方法和使用》获得了国际专利授权。并且，国际发明专利的授权比国内发明专利的授权还早了两个月。

《一种冷却液的制备方法和使用》获得的国际、国内双授权，在科技创新与科技发明方面，给了何小虎巨大的鼓舞。

3

在车间，何小虎几乎能够操作所有型号的机床。2010 年，他所操作的设备是最传统的国产手动车床。2011 年，改为操作工厂精度最高的手动车床。2012 年，开始接触简易数控机床。2014 年，开始操作高精度的数控机床。当然，何小虎也能加工各个类型、各种材料的工件。车间有了高难度的加工任务，也总是习惯找到何小虎。

这不，西安航天六院发动机公司的难活儿又来了。这次的难活儿，是产品要求的精度高，加工难度大，还要保证一定的合格率。详细说来，是为“长征三号”乙火箭发动机的喷注器架加工深小轴，而深小轴的公差需在0.008毫米之内。

这难活儿，难就难在对精度的要求极高。打个比方，那个精度要求偏差不得大于头发丝粗细的十分之一。如此加工难度，已达到了车间现有设备的极限值。曾有不少经验丰富的高级技师尝试加工，可加工合格率只有20%。可是，由于国家航天需要，“长征三号”乙火箭发动机喷注器架的生产已迫在眉睫，若深小轴的加工不能保质保量完成，火箭就不可能做到如期发射。

怎么办？就当时的加工条件和加工能力，显然无法完成产品交付。整整一个月过去了，提及这项任务，好多人都避之不及。无可奈何之下，发动机公司准备把这个活儿交给车间。看着加工要求，车间都不敢接。因为车间根本不具备加工此类超精密产品的条件。就算是强行接下，合格率根本无法保证。但是，西安航天六院发动机公司的领导说：“这次所加工的产品是国家航天急需工件，你们车间必须得接。”车间把任务下派，大家还是不敢接。这是因为加工能否成功且不说，关键是如果加工的产品报废

何小虎正在测量零件

了，按照规定还要扣奖金。车间主任找到何小虎，问他敢不敢接。何小虎找自己的师父董效文商量。董效文说：“那就接吧，我支持你。”

接下任务后，何小虎却有些犹豫了，这活儿太棘手了，很有可能会完不成。何小虎倍感压力，可压力再大，也得付诸行动。

何小虎心里一个劲地嘀咕：“这个加工项目为什么会如此难以推进？到底是设备不行，还是我们的加工能力和加工手段有限？”何小虎百思不得其解。他就想，既然这个加工精度能设计出来，那从产品设计的角度来考虑，就应该能加工出来。当天，何小虎按传统加工方法加工了一个工件，当然，这个工件是不合格的。何小虎就以这个不合格工件为样品，全面分析为什么在加工时会出现偏差。连续四天，他每天都在查资料，做试验，依然找不到好办法。

也真是奇怪了。有一天晚上，何小虎做了一个梦，梦的内容居然是关于产品加工方法的。在梦中，何小虎欣喜万分。早晨醒来，他依然欣喜万分。他也分不清是梦还是真，匆匆找来纸笔，记下了如下文字：喷注器架的精密加工会受到温度的影响。若有一个合适的稳定温度，机床有可能达到极限加工的精度。

然后，他把纸条放进衣服口袋，提上文件包就想出门。妻子问他：“怎么这么急？”他说：“做了一个梦，有解决办法了。”边说，边兴冲冲地出了门。还好，这么多年，何小虎一直住在距离西安航天六院发动机公司最近的航天小区。也就十几分钟，他赶到了公司。进了车间，才早晨6点半，他热机后马上按照梦中的方法，进行加工，居然成功了。这正如《吕氏春秋》有言：“精而熟之，鬼将告之。”一切似梦似真。

这次加工，何小虎的具体做法是，针对产品要求，以极限加工稳定性控制法和首件标定参数法，突破传统的加工思路和加工流程。应用此方法，在机床上可不必进行产品测量。

有了梦中的加工法，何小虎将加工试验继续推进。他开始反复寻找车床设备的极限加工段，测试一天当中哪个时间段最能满足要求。他先是一个小时一个小时地测试，到后来改为半个小时半个小时地测试。通过十多天，近千次的反复测试，他终于发现了一个非常有意思的规律：每天下午的14∶30—15∶30这个时间段，加工出来的产品精度最高。而这一个小时，是设备开机运行后仅有的一个

何小虎正在检测火箭发动机的零件

高稳定期。一个小时后，稳定期将渐渐消失。他就此继续试验、摸索，终于发现这一个小时的稳定期内，所操作的车床设备有 0.004 毫米的稳定性。再试验，再摸索，他在稳定期内实现了 0.002 毫米的稳定控制。这个发现，让何小虎惊喜万分。何小虎当即把这个发现汇报给了车间和公司的负责人。

攻关的道路就是创意与智慧的道路。找到了这个规律，也就找到了最佳的工艺流程和加工方案。难活儿，也就不再成为难活儿。这个带有魔幻色彩的加工规律与方案，令工件加工的时间、空间、温度、技术等，形成了有效统一。何小虎把这个加工文案和方法，叫作超精密加工新方法。依托此法，第一批次试加工产品的合格率就达到了 100%，加工效率是原来的 4 倍。

这个攻关成果，将传统的加工工艺流程向前推进了一大步。这个攻关成果获得了航天集团公司的“五小”成果二等奖。

4

攻关，似有一种内在的魔力，一直吸引着何小虎。毕竟，攻关源于创意，更源于内心深处对远方、对航天无尽的渴望。

何小虎对攻关的解释是，所谓“攻关”，就是会干活儿，让难活儿成为容易的活儿，把车间和公司的难题克服掉。从理论上来说，所有的工艺流程和加工方案都有一个等待提升、再完善的空间。只要把注意力放到攻关上来，这难关、难活儿、难题，就会一个接一个地被攻克。

发动机有一个不可或缺的重要组件。其加工一直沿用1967年产的一种机床设备。这半个世纪前的机床设备，尽管可以生产，但加工效率太低。若是按工件计，一个操作工一天只能加工1.5件，两天才能加工3件。效率如此低不说，劳动强度还特别大。由于车间是按件计工资，如果接手此类的活儿，操作工根本挣不到奖金，也就都不愿意干。

私下里聊天，谈到这个事儿，何小虎的师父董效文问何小虎：“你能否把这个难题也拿下来，把加工效率提上去。”何小虎说：“我听师父的，试一试。”回到车间，何小虎首先想到的是自动化，即把这类老旧机床改装成数控自动化机床。盯了两天机床，把机床运行原理研究透以后，何小虎拿出了一套改装方案。

何小虎把方案汇报给工艺和技术人员，问能否行得通。

工艺和技术人员对此特别感兴趣，都表示支持。既然大家都支持，那就动手行动。何小虎细化改装方案，绘制了一张张图纸，然后拿着图纸来到物资供应部门，领取了所需的工具与材料。何小虎和车间工友们组成一个改装小组。可以自己加工的零部件，就自己加工；对于某些自己不能加工的零部件，何小虎通过师父或朋友，请人加工。到了周日，何小虎和改装小组的同事们放弃休息，一连工作十多个小时，终于完成了硬件组装。接下来，何小虎开始向有关厂家定制刀具，并亲自编写数控程序。怎奈，厂家刀具到货后，何小虎发现刀具不够齐全，又在公司工会的支持下，在网上花了将近 5000 元购买了一部分刀具。

当老旧机床换了容颜，成了现代化的数控机床，加工效率提高到原来的 4 倍。原来，一人一天只能加工 1.5 件，现在一人一天可加工 6 件。

5

到了 2018 年，何小虎开始瞄准另一项科技攻关：发动机燃烧室相关零部件离心式喷嘴的加工。

当时，中国航天空间站开始建造。一项项的火箭发射开始了论证试验，火箭发动机燃烧室零部件离心式喷嘴的需求量激增。这看上去只有钢笔般大小的离心式喷嘴，里面有十几个直径1.05毫米的离心孔，且每个离心孔的一致性误差必须控制在5微米以内。而每台发动机则需要几百个离心式喷嘴同时工作。发动机运行时，如果离心式喷嘴的精度达不到要求，将直接影响液体火箭发动机燃烧室的稳定性；严重时，有可能导致火箭发动机产生剧烈振动，直至燃烧室发生故障。这对喷嘴的加工精度提出了极高要求。

这个精度的要求，打个比方，就是须在只有半根头发丝般细小的空间内进行加工。半根头发丝那么细小的空间，怎能完成加工？这简直比螺蛳壳里做道场还要难。当时的加工水平根本无法完成这样的任务。再就是，离心式喷嘴的加工一直采用传统的机械钻削加工法。离心式喷嘴成型后，还带有大量毛刺，需要二次返修，并进行手工打磨。即使这样，合格率也只有60%左右。

发动机离心式喷嘴的加工如不能得到改进，将严重制约西安航天六院发动机公司的生产效率和产品质量。其实，发动机离心式喷嘴的攻关，本不在何小虎的职责范围内。可何小虎自从得知这一情况，连续几年，一直想找机会攻克下来。当时，随着老旧机床改装项目的圆满结束，何小虎终于有时间和精力投入如何加工发动机离心式喷嘴上来了。每天下了班，何小虎并不急着离开车间，而是与操作工交流沟通，分析合格率为什么会特别低。可一连数月，何小虎也找不到有效的办法。当年秋季的一天，何小虎在他的另一位师父，即发动机公司生产处周卫民的引介下，去拜访西北工业大学机电学院的一位资深教授。

一进教授办公室，没等寒暄几句，何小虎已沉不住气了。他从手提包中取出带来的离心式喷嘴样品，非常急迫地问教授："如果这个产品，让你们机电学院的教授来攻关，会有什么好方法？"

教授讲了国内以及国际上的发动机离心式喷嘴的加工方法，以及离心式喷嘴加工的可行性办法。通过与教授交流，何小虎找到了两个思考点：一是3D打印，二是电火花技术加工。

辞别教授，回到西安航天六院发动机公司，何小虎通过分析比对，放弃了3D打印，把思考点缩小为电火花技术加工。何小虎查阅了不少文献资料，却一无所获。后来，得知西安有个光电研究所，何小虎就专程去考察，并请对方以电火花法，试加工发动机离心式喷嘴。可试了几次，加工效率都非常低。改用激光法加工，依然效率低，且加工成本过高。

无论怎么试验、试加工，都是一无所获。无奈之下，何小虎只好把发动机离心式喷嘴加工改进这事儿暂且搁置下来。

项目是搁置了，可何小虎的心思却还在项目上。工作之余，他依然琢磨，希望找到突破口，找到解决思路。转眼就到了2019年春，在北京国际机床展上，何小虎参观得特别仔细。凡是与发动机离心式喷嘴沾边的工艺或设备，他会一遍遍地观摩。正是这次展会，让他见识到了国际上先进的机床设备和加工方法。何小虎注意到，国外在发动机离心式喷嘴去除毛刺方面，有一种比较成熟的技术。从北京回到西安，何小虎就离心式喷嘴加工改进，结合在北京国际机床展上的观摩心得，撰写了一份报告。这份报告首次提出车—铣—磨高效复合加工法，将钻削改为铣削，并建议公司引进车铣设备。

面对何小虎的报告，公司有不少技术专家提出异议。他们认为何小虎提出的车—铣—磨高效复合加工法，根本不可能实现。但是，随着空间站建设和火箭发射任务的日益逼近，发动机离心式喷嘴的加工改进已容不得再拖延。仅仅过了一周，西安航天六院发动机公司就采纳了何小虎的建议，下发了车铣设备采购指令。

车铣设备到了，何小虎仿佛获得了至宝。尽管车铣设备的到来不一定能够解决问题，却为接下来解决问题提供了硬件上的保障。设备组装时，何小虎时刻盯在现场，一边给厂家来的组装师傅打下手，一边向组装师傅请教设备的性能和功能。由于设备的精度高、部件复杂，厂家师傅都安装半月了，还没装完。每天，为了多向安装师傅请教一些问题，何小虎就请师傅吃饭。这半个月以来，从陕西面馆到川菜馆，从水饺店再到湘菜馆，几乎把发动机公司附近的餐馆和特色小吃，吃了个遍。就这样，又过了一周，等设备安装、调试完毕，何小虎已对设备了如指掌。

尽管车铣设备组装好了，但是几次试车，之前所有的问题依然得不到解决。何小虎一次次编程，一次次试验，每次的结果，都是设备报警，行不通。自己解决不了，就请外援。何小虎把车铣设备厂的程序员请了来。可是，程序员编辑了整整一周，也没成功。

一筹莫展的厂家程序员对何小虎说："你说的这个加工方案压根儿就不可能实现。"但是，何小虎不死心，还想去试。他开始在传统铣床与数控铣床之间寻找结合点，并让自己的几位徒弟协助自己做试验。何小虎边试验边琢磨：能否舍弃厂家的指令代码，用宏指令代码实现程序的编辑？想到这里，何小虎茅塞顿开，不由得击掌叫好。他认为自己终于找到了一个可行的思路。不懂宏指令，那就自学。何小虎开始像小学生一样学习宏指令。这一学，居然用了整整半年时间。由于宏指令编程的应用，试验工作有了转机。接下来，随着铣削工艺的一步步推进，在直径为 0.05 毫米，也就是半根头发丝大小空间内的三轴联动加工终于得以实现。离心式喷嘴无毛刺加工也成为现实。

首次试车，离心式喷嘴的 12 个孔一次加工成功。产品一次加工合格率从 60% 提高到 99.9%，返修率为零，生产效率提高两倍多。

成功了，我们成功了！那天，何小虎在机床前激动得快要跳了起来。攻关，这就是攻关带来的巨大喜悦。也是那天，何小虎觉得整个西安航天六院发动机公司、整个西安、整个世界，都是欢欣与喜悦的。

西安航天六院发动机公司生产的离心式喷嘴，基本满足了国家航天发射的需要。当年，何小虎的离心式喷嘴加工新技术获得了国防专利保护。

6

2021 年 4 月 29 日，还是在电视直播节目中，当何小虎目睹“长征五号”B 运载火箭将中国空间站天和核心舱顺利送入太空时，不由得露出了满意的笑容。因为他知

何小虎正在利用普通车床加工零件

道，“长征五号”B 运载火箭发动机燃烧室中的核心部件，就是离心式喷嘴。

看完电视直播，何小虎回到车间，来到车床前，随手拿起了一个刚刚加工好的离心式喷嘴，举在半空，反复抚摸打量。

发动机离心式喷嘴光洁细滑，闪着银色的光。何小虎眼中，闪着的却是湿润的光。正是这个小小的喷嘴，看上去毫不起眼的喷嘴，让何小虎感受到技术攻关的磨砺与艰难的同时，也感受到了技术攻关所带来的自足与温暖。

7

发动机离心式喷嘴加工的难题解决后，还是 2019 年，何小虎又瞄上了无人自动化加工。何小虎的想法是，既然通过技术改进，可以让发动机离心式喷嘴加工的难题攻克，那么从理论上来说，让旧设备实现无人自动化加工也就有可能实现。

何小虎再次想到了西北工业大学机电学院的那位教授，想去请教。周日那天，他带着一包方案资料，来到了机电学院。何小虎搬出了自己的难题，向机电学院的多位教授咨询旧设备无人自动化加工的可行性。教授们一致认为，费那个劲干什么，还是购买崭新的无人自动化设备更好。回到西安航天六院发动机公司，何小虎写了采购申请。公司也把何小虎的采购申请方案纳入了公司的技改项目。转眼一个月过去了，正当何小虎信心满满地等结果时，公司的技术人员转告何小虎，上次会上讨论时，有好几位专家觉得这项目并非必需，再加上公司经费有些紧张，就把何小虎的申请项目砍掉了。何小虎有些失落，但是，无人自动化加工却早已像种子一样在何小虎的心底生了根。

半年后的一天，西安航天六院发动机公司董事长来车间调研，问何小虎还有什么需求。何小虎如实说，能否购买两台无人自动化加工设备。董事长听了，略作沉思后说："这个项目我知道，当时咱们公司经费非常紧张，是我同意给你砍掉的。"董事长仔细询问了相关情况，思忖半天，问何小虎："现在公司的经费还是很紧张，我们的国产设备怎样，能否达到同类型进口设备的加工效果？"何小虎答没问题。第二天一早，才 6 点半，车间杨主任就接到了董事长电话，责令杨主任亲自负责采购。杨主任又通知何小虎，让他全程参与。就这样，公司以 400 万元的报价，采购组装了两台国产设备。新设备以及改装设备的联合使用，让原本已成熟的离心式喷嘴加工如虎添翼，全面实现了自动化。

新设备到位后，何小虎乘胜前进，陆续完善了离心式喷嘴加工方法，将离心式喷嘴加工的十几种工艺流程一次次优化，令离心式喷嘴生产全面实现了优质、高效、自动化，产量突飞猛进。

几年下来，仅离心式喷嘴加工，就可以给公司节约生产费用 700 多万元。

第七章 那是嫦娥与其相伴

1

何小虎读小学四年级的时候，与村里的小伙伴一起偷家里的旱烟抽。到了五年级，他就想，作为小学生，为什么就不听老师和家长的话，为什么要偷偷抽烟，就不能不抽烟吗？从此，无论周围的小伙伴们是否抽烟，他都坚决不再抽。而且长大后的他，一根烟也不抽。

入职后的何小虎，经济上尽管依然吃紧，还有数额不低的房贷，可是这时的何小虎已不再认为自己是穷困的。

相反，他觉得自己很富有。当他得知有个资助贫困生项目后，当即找到车间指导员报了名，提出想资助一名贫困生。指导员说：“你的情况我清楚得很，你家庭贫困，还有一大笔贷款，你就别报名了。”何小虎说：“我有房贷不假，可我现在好多了，我认为我有这个能力回报社会、资助别人了，我一定得报名。”指导员还想劝他放弃，何小虎却很坚定，再三请求一定给他一个回报社会的机会。他说：“当年如果不是北京的龚自豪教授每年资助我500元，我很可能就中途辍学了。”

见何小虎这么执着，指导员答应了下来。何小虎随机选了一名贫困生。他查看信息，知道这名贫困生是太白县的一个小学生。按规定，何小虎支付了第一笔资助金。能够资助贫困学生，对何小虎来说，是一件特别欣慰的事。何小虎不仅提供资助金，还与资助生交朋友。逢年过节，他就通过手机视频与资助生聊聊天，再发个红包。在何小虎内心深处，他已把那个太白县资助生当作了童年的自己。

只要有点儿能力，就想着回报，这就是何小虎。还清房贷的那年春节，何小虎和妻子乘火车回到了延安乡下老家。这次，除了大包小包的年货，何小虎还带上了自己刚发下来的8000元年终奖。回到延安，他拿出2000元给

何小虎结婚照

家里买了米面油、烟和酒，然后开始走亲戚。舅舅家、姨家、外公家、继父家，凡是帮助过他的，他都一一去拜访，给每家留下二三百元的红包。这样，又花掉 2000 元左右。大年初一，他开始给小辈压岁钱，又给弟弟又给妹妹，又花了 2000 元左右。临回西安了，何小虎把剩下的钱全都给了母亲。母亲不要，何小虎就偷偷把钱放到了母亲的被子底下。

返回西安的火车上，妻子说：“过一个春节，咱们的积蓄全部花完。”何小虎笑笑说：“我钱包中还有好几百呢，尽管我们的生活还有些拮据，可是，能回报亲人才是我们最大的快乐。”

何小虎最想回报的还有他的大学老师。他不能忘，是大学老师教会他从不轻易示人的独家刃磨法，是大学老师一次次手把手地把车床操作技术教给他，是大学老师周末把他叫到家中并让师娘做一顿丰盛的饭菜，是大学老师与他谈心到深夜，让他在家中留宿。

何小虎参加工作的第二个年头，当他以公司考试第三名的成绩加入西安航天六院发动机公司职工技术协会时，何小虎第一时间想到的是自己的大学老师。他想告诉老师，他在发动机公司找到了自己的方向，找到了今后要走的路。加入协会的那个周末，他买了两瓶好酒专程回学校看老师。老师尽管才四十多岁，却在我国的机械加工领域有着很重要的影响。来到老师家楼下，还没上楼呢，何小虎就看到师娘下楼去扔垃圾。何小虎问：“老师可好？”师娘抬起头，看了看，认出了何小虎，放下手中垃圾袋，拉过何小虎的手说："小虎啊，你老师——"还没说完，眼睛就红了。师娘告诉何小虎："就在三个月前，你老师病重走了。临走前，还在病床上反复念叨几个学生的名字。念叨最多的就是你小虎。"

那天，何小虎在师娘面前，忍住眼泪没有哭。也是那天，感受到生命无常的何小虎，暗下决心，一定要努力再努力，一定要用最佳的成绩告慰自己最敬爱的老师。

2

何小虎与妻子谢冰华是大学同学。读大二时，在同级同学的介绍下，何小虎与谢冰华认识了。大二上半年，何小虎与谢冰华只是要好的同学，还没确立恋爱关系。放了假，何小虎与几个同学一同到了宝鸡谢冰华的家中。谢冰华的爸妈见了何小虎，私下里对谢冰华说："我们发现你和那个来自延安的小伙子走得挺近，是不是在谈对象啊，我们觉得那小伙子不错。"

谢冰华难为情地说："你们这是说啥呢。"想让爸妈不再提这事儿。哪知，爸爸却很认真地说："我与那个小伙子聊过，他说他家里很穷，不过，我觉得他品质好，很阳光，你们可以谈。"其实，谢冰华并不打算与何小虎谈恋

何小虎结婚照

爱，可平时很乖顺的她还是受了父母建议的影响，真的与何小虎越走越近了。

大学毕业时，学商务英语专业的谢冰华应聘到北京中国石油的一家会务接待中心。那是一份工资和待遇都很不错的工作。可紧接着，当谢冰华发现何小虎果真被西安航天六院发动机公司招了过去时，就动摇了去北京工作的想法。谢冰华知道，何小虎心心念念的事情就是干航天，就是到西安航天六院发动机公司。为了这一天，何小虎已期盼了很多年。要想让何小虎放弃航天，跟自己去北京，这对何小虎来说，显然是不可能的。想到这些，谢冰华也没与何小虎多商量，就自动放弃了到北京工作的机会。

然而，此时西安航天六院发动机公司的年度招聘已经结束，谢冰华尽管放弃了北京的工作，却无法与何小虎同在一个单位。何小虎对谢冰华说："你把那么好的工作放弃了，可是又进不了我们公司，这可怎么办？"谢冰华说："不想那么多了，你现在马上就要好梦成真，成为航天人了。我呢，成不了航天人，就当你的嫦娥。我在你们发动机公司周边就近找份工作就行。"

何小虎入职后，谢冰华真的就在西安航天六院发动机公司附近找了份工作。那是一家民营超市，谢冰华的岗位是资料员兼会计。何小虎很愧疚地说，你为了我的专业，放弃了自己的专业，居然成了超市人员。谢冰华笑着说，超市也没啥不好，挺适合我的。

何小虎和谢冰华参加工作的第三个年头，谢冰华的爸妈从宝鸡来西安，问他俩什么时候结婚。何小虎说："还没买房子呢。"谢冰华的爸说："你们刚工作，没钱买房正常，不用买，租房就行。"谢冰华的爸妈离开西安后，何小虎和谢冰华就在西安的城中村租了一个30平方米的小房子。要结婚了，何小虎想依照习俗送彩礼。谢冰华父亲很开明，说：“送什么彩礼啊，你俩把小日子过好了就是最好的彩礼。”

就这样，租来的小房子成了新房。结婚那天，小房子有两大变化：一是贴了一个大大的红纸喜字，二是房子的墙壁上贴了一张大幅的航天火箭发射图。至于电视、冰箱、洗衣机什么的，统统没有。婚礼那天，没请司仪，没雇车队，只租了一辆车，把谢冰华从员工宿舍接到了出租屋。中午，何小虎和谢冰华找了一家酒店，请工友、师父、亲戚朋友聚了八九桌。就这样，何小虎和谢冰华组成了一个家。

结婚不久，何小虎对谢冰华说：“想买房。”谢冰华有些不理解，不知他为什么这么急。何小虎说：“我不买房，心里就不踏实，并且我只想在航天六院附近买房。”何小虎解释说，他并不看重物质，只是，他只有买了房，才会觉得自己在西安、在西安航天六院发动机公司扎了根。在何小虎看来，租房，心里就不踏实，老感觉自己像是这个地区的租客、过客，有一种漂泊不定的感觉。谢冰华说：“就咱俩这点儿工资，你一个月还不到两千元，我一个月只有一千七八，我看买房的事儿还是以后再说吧。”何小虎说：“我俩的钱肯定是不够，但我们可以借一点儿，再贷一些。我们慢慢来，会好起来的。并且，我们不仅要买，还一定要买航天六院附近的房子。”

双休日回到延安乡下的家中，何小虎向母亲说起想买房的事。母亲当即骂他：“就我们家的情况，青化砭镇上的低价房都不敢买，你还想在西安买房？你也不看咱是啥家庭，哪有买房的能力。”见母亲这么说，何小虎不再说了，也不争辩。回到西安，何小虎还是盘算着买房。东拼西凑，终于凑了首付，买了一套房。

买了房的何小虎，开始省吃俭用，计划三年还清房贷。为了省钱，何小虎几近到了不花钱的地步。若是谢冰华不在家，何小虎吃饭大都是简单糊弄一下，顶多是买两块钱的手工面，再弄点菜叶煮一下。春节期间，二舅家的表弟来了，何小虎为了招待表弟，特意做了一份炒米饭，还破例放了很多油。何小虎尽了自己最大的努力，他以为表弟很满意，可从此表弟再也不来了。表弟回家说：“到了西安，我表哥真抠门，只给我吃炒米饭。”

手上没钱，日子过得艰难。何小虎倒是没什么，可妻子谢冰华却感到了很大的压力。妻子责怪他，说：“还是延安那边咱妈说得对，咱现在的家庭状况根本不具备买房的条件。这不，自从买了房，为了省钱，我都快不敢上街买菜了。”不过，牢骚归牢骚，在工作上，谢冰华还是坚定地支持何小虎，支持他把西安航天六院发动机公司的事、把车间的事做好。

何小虎照顾刚出生的孩子

3

2014 年 1 月，孩子出生，小家庭增添了活力与快乐。

何小虎的外公给孩子取名天裕，家人都说这个名字好。可报户口时，何小虎不由自主地将“裕”写成了“宇”。天宇，在潜意识中，何小虎还是希望孩子能够从事航天、从事天空与宇宙相关的事情。

果然，孩子天天耳濡目染，从小就对航天有浓厚的兴趣。孩子上小学后，所参加的课外班，不是航空科技，就是机器人编程什么的。平时，打开电视，只要是关于太空、关于火箭或机器人的节目，孩子就会着迷。有一次，何小虎带孩子去阅览室看书。孩子看到《问天少年》杂志，翻了几页后，对何小虎说：“这里面的故事太好看了，我想把杂志拿回家。”何小虎告诉孩子，这阅览室的杂志不能往家拿，如果喜欢就订刊。

不仅《问天少年》杂志，其他关于航天方面的儿童杂志，何小虎只要看到了，都会给孩子买一本。

孩子上小学二年级时，参加西安“六一”儿童节科技展。孩子被选为航天知识讲解员。儿童节科技展那天，何小虎和妻子也到了现场。孩子一板一眼地向台下数百名同

何小虎和家人在黄沙古渡游玩

学和家长讲解载人航天、卫星运行，以及火箭制造对中国航天的意义。当时，陕西省教育厅的领导也在现场。教育厅的领导问孩子："小朋友，你以后的梦想是什么？"孩子很爽快地回答："我以后要当航天科学家。"

何小虎发现孩子对航天越来越着迷，内心十分欣慰。可一年下来，除了"六一"儿童节这样特殊的日子，他与孩子在一起的时间并不多。何小虎有提前上班的习惯，他每天6点半准时离开家，而这时孩子还没起床。晚上，何小虎又习惯了晚下班，时不时还要加班，等他回到家，孩子已经睡着。所以接送孩子，送孩子看病，到学校开家长会，这大大小小陪孩子的事儿，几乎全交给妻子谢冰华了。

所有家务，也都是妻子谢冰华在做。何小虎自结婚后，似乎就没有做过家务。这样说吧，家中的事儿，他几乎全都抛给了妻子。妻子的弟弟结婚，按说，何小虎应该参加，可当时何小虎要参加大国工匠论坛。正当何小虎左右为难的时候，妻子说："你安心参加你的论坛好了，婚礼嘛，我代表你了。"

何小虎和家人在徽州

4

孩子出生后，到了节假日，何小虎一家三口回延安或宝鸡时，总是提着大包小包地挤公交挤火车，特别不方便。又过了几年，家庭经济情况略有好转的何小虎，自作主张地花了8万元买了一辆小汽车。提车回到家，何小虎才给妻子说了买车这件事儿。妻子说何小虎不该花这个钱。何小虎说：“咱家买不起名牌车，买个便宜点的代步车还是可以的。”说完，何小虎笑着从背后拿出一个大红的荣誉证书，说科技攻关获了大奖，公司还特别发了一份奖金。

见何小虎拿出荣誉证书，妻子也就不再说什么了。何小虎说：“我还是那个观点，我不求享受也不贪财，但我有责任，让我们的生活一天天地变好，再变好。”当何小虎带着妻子和孩子开着车回到延安乡下的家时，母亲见了，以诧异的神情问他：“这是你跟谁借的车？这车看上去还挺好看的。”何小虎本想编个理由，说车是从同事那儿借的，可转念一想，自己都工作好几年了，买个车也没什么大不了的，就如实对母亲说了。母亲一听，当时就急了，当着儿媳妇的面，劈头盖脸地把何小虎说了一顿。

母亲真是穷怕了。在母亲看来，何小虎在西安有份工作，还买了房子，就已经很奢侈了，现在居然还花8万元买车。母亲越想越气，让何小虎把车退掉。这时，一旁的妻子谢冰华劝说：“这车都买了好几个月了，退是退不掉了。何小虎从不乱花钱，买这车，何小虎用的是自己的奖金。”

不仅如此，何小虎还想让自己的大家庭也越来越好。他一直放不下的还有比他小三岁的妹妹。当年，因为家庭贫困，考试分数比何小虎还要高的妹妹放弃读高中，把学

何小虎参加陕西师范大学附属小学的科技节，向学生们讲述发动机的相关知识

习机会让给了何小虎。何小虎在西安站稳脚跟后，开始帮妹妹在西安找工作，直至让妹妹在西安城也有了一份稳定的工作。

国庆节期间，母亲从延安来西安。母亲坐上儿子的新车，走进儿子的新房子。母亲说："这不是做梦吧，我这么多年，做梦都不敢这样做。"母亲的梦只是在朱家沟盖个宽敞明亮的新窑洞，只是想把自己用来串乡卖菜的三轮车再修一修。

何小虎对母亲说，自己之所以能把生活搞好，一切还得感谢航天，感谢西安航天六院发动机公司；说自己只是做了一些力所能及的工作，想不到单位却给了自己太多的激励与支持。

母亲因何小虎变得知足起来。当母亲在电视或微信公众号上看到何小虎的事迹时，开始为儿子的成才而骄傲。母亲关注了何小虎所在单位的官方微信公众号，一看到与何小虎有关的微信，就会发到朋友圈。何小虎看到母亲在转发，就对母亲说："这些公众号是组织和单位的宣传稿，是上级单位的一种宣传引领，咱们自己就别转发了吧。您要是天天发自己儿子的事迹，让街坊邻居们看了，都以为您在炫耀呢。"在何小虎看来，工作和幸福是用来默默感受的，不必过多地炫耀、展示。

何小虎是这样认为的，自己根本没有那么多值得炫耀和骄傲的事情，所谓的成绩不过是脚踏实地干了一些事情而已。

5

看到谢冰华一天到晚围着何小虎转，谢冰华所在超市的同事们跟她开玩笑说，你嫁给了一位干航天的老公，也就成了那个不食人间烟火的嫦娥。

谢冰华私下里对何小虎说：“别看我不在你们单位上班，可这么多年来，我一直以一名航天家属的身份支持着你，所以我认为，我其实也是一名航天人。”

第八章 熔炉里的大国工匠蓝

1

何小虎在寻常而普通的车床工位上，像棵白杨树一样扎下了根。他的生命也因扎根而变得饱满。西安航天六院发动机公司是我国液体火箭发动机之魂的铸炉，也是一代代航天工人成长成才的大熔炉。在这儿，何小虎经受住了千锤百炼，从初入车间的青涩学徒工一步步成长为航天领域最优秀的大国工匠。

何小虎像点数火箭发动机零部件一样，点数着自己的成长经历：

2011年至2017年，主要精力放在技术攻关上，学技术，练技术。

2018年，从北京参赛回到西安，不再参赛，成为技术比赛的裁判和教练，同时成为西安航天六院发动机公司技

何小虎获评西安市劳动模范

术协会教师。被评为航天六院技能名师，这也是航天六院最年轻的技能名师。同年，任陕西赛区第八届全国数控技能大赛裁判，成为整个陕西赛区最年轻的裁判。

2019 年，疫情突来，何小虎将更多精力投入创新攻关。当选为中央企业青年岗位能手。同年当选陕西好青年。

2020 年，获评全国青年岗位能手、全国向上向善好青年，荣获陕西青年五四奖章。任第一届中华人民共和国数据大赛的裁判，任陕西省第一届技能大赛裁判长。

2021 年，获中国青年五四奖章。

2022 年，获全国五一劳动奖章，当选“大国工匠年度人物”。

2023 年，先后成立陕西省技能大师工作室、中国航天科技集团有限公司技能大师工作室、陕西国防劳模工作室。

2024 年，获航空航天月桂奖 · 大国工匠奖。

2025 年，获全国劳动模范。

青春，该怎样闪光？何小虎，一步一步地，在寻常数控车工岗位上，通过实干与巧干、攻关与创新，从中级工到高级工，从高级工破格升到技师，又破格升到高级技师，再破格升到特级技师，并被破格评为高级工程师。

何小虎，走出了中国航天产业工人最为精彩的青春之路、职业之路、生命之路、成长之路。

2

何小虎是西安航天六院发动机公司最年轻的一线工匠。参加工作 13 年来，他只做一件事：加工火箭发动机涡轮泵和推力室相关零部组件。

如果说发动机是火箭的心脏，那么涡轮泵和推力室就是发动机的心脏。涡轮泵和推力室相关零部组件的加工，容不得半点儿马虎，工件的质量和精度直接影响火箭发动机的性能，即使有丝毫差池也有可能影响到火箭的发射以及航天器的安全运行。而何小虎，可以操作十多种不同种类、不同型号的手动机床、常规机床、数控机床，还凭借着西安航天六院发动机公司精度最高的多轴车削中心车床，加工精确到微米级的零部件。何小虎，成为我国液体火箭发动机动力之源名副其实的“零部组件”“螺丝钉”。

对于何小虎的工作业绩，西安航天六院发动机公司这样陈述：何小虎先后解决液体火箭发动机精密加工难题 75 项，获公司、航天六院、陕西省，以及国家级各类奖项

70多项，发表航天发动机加工方面的论文7篇，获国内专利18项，获国际专利1项。个人独创的微小孔高效加工法、极限加工稳定性控制法、工件标定参数法等数十项工艺，全面提升了火箭发动机喷注燃烧系统工作的稳定性。无论是“长征五号”、“天问一号”、北斗组网，还是探火

何小虎参加新京报大国“匠心·接力”年度人物颁奖

工程、探月工程、空间站建设等，何小虎和他的团队，都为各类各型号发动机的研制生产作出了积极贡献。

3

在外界看来，何小虎做出了一些成绩，也有了一定的影响。可何小虎只要静下心来，依然会感到有点儿迷茫。他在思考：自己应该成为一名怎样的航天人。

2021 年，何小虎被《新京报》采访，并被评为“大国

何小虎在“大国工匠年度人物”的舞台上分享心得

匠心年度接力人物”。紧接着，他就以大国“匠心·接力”人物和劳模工匠身份，去珠海参加全国航空展。在航空展上，何小虎看到并认识了众多航天院士和科学家。那些航天院士和科学家，在何小虎眼中是多么的光耀。何小虎自上大学起，就知道他们中很多人的事迹，当然是只知其名不见其人。而在珠海，何小虎不仅见到了他们，还与他们一样成为有着相同资格的航空展参加者。这令何小虎既激动又惭愧。何小虎对照参展花名册看了看，发现几十名参加者中，只有他自己是产业工人，其余参加者全是知名院士和科学家。

在众多知名院士和科学家的光芒的映射下，何小虎开始了对自己内心的追问。他开始隐隐感到自卑。晚上，坐在宾馆房间窗前，何小虎的内心既骄傲又不安。骄傲的是，自己居然有机会跟这么多的院士、科学家同行，不安的是，作为航天产业工人中的代表，自己做得还远远不够。他在思考，中国的航天事业到底需要怎样的产业工人，而自己又能走向何方。

一个把梦境放在星辰间的年轻人，他看到的不仅是现实和俗世，还有那闪耀着金属光泽的伟大的飞天梦。

4

董效文、史永刚、毛书宁、张勇峰、陈建华、王建刚、周卫民、张占军、岳敏、杨峰等人，他们是何小虎成长之路上的一位位师傅，也是师父。

何小虎的切身经验告诉自己，在技能人才的成长路上，师父的传、帮、带是多么重要。而渐渐成长起来的何小虎，也开始用传、帮、带这老三招，把自己的经验与体会传授给更多的人。

正因如此，何小虎技能大师工作室应时成立，让星火传承有了保障。工作室有展室、培训室、会议室。工作室是一个科技创新团队，是一个工艺骨干团队，是一个科技攻关平台，也是一个团结友爱的师徒共同成长的平台。十几名骨干成员，有一线工人，有二线的工艺技术人员，也有管理人员，而领头羊，就是何小虎。

工作室年初有培训计划、人才成长计划、师徒合作协议，年中有技术攻关、人才培养、师带徒活动，年底有总结、论证、考核。工作室还是西安航天六院发动机公司乃至航天六院对外展示技能人才建设的重要窗口。随着何小虎的技术成果越来越多，影响越来越大，来工作室考察、

何小虎在 2022 年“大国工匠年度人物”的颁奖现场留影

学习、参观的个人和团体越来越多。每次有团体或个人到来，何小虎如果在公司，必定会亲自参与交流，并做科普和技能讲解。

几年下来，工作室的成员尽管时有轮换，但算起来，与何小虎签订了师徒协议的已有 23 名成员。

除了何小虎技能大师工作室之外，车间也是何小虎发挥传、帮、带作用的重要阵地。

在车间，有两位年轻人，从入职第一天起就拜了何小虎为师。准确地说，那两位年轻人，是何小虎的班组徒弟。一位是 1999 年出生的刘庆，陕西渭南人，2020 年来到车间。另一位是杨佳文，2001 年出生，陕西咸阳人，2021 年来到车间。这两人像师父何小虎一样，都毕业于陕西工业职业技术学院。

刘庆，入职车间仅三个月，就被师父何小虎逼哭了十几次。这是因为，何小虎经常把一些难活儿交给她。她说自己刚参加工作不久，还不会干。何小虎就给她讲工艺原理，帮她分析怎么干。刘庆好不容易把难活儿完成了，正想放松一下，哪想到，何小虎又把下一个难活儿给了她。刘庆不解地问，为什么总是把最难的活儿给她干。每当这时，何小虎总是只有一句话，当初我的师父就是这样带我

何小虎作为裁判员参加中华人民共和国第一届职业技能大赛的执裁工作

何小虎在航空航天月桂奖·大国工匠奖的现场分享

的。说完就不多做解释了。

不仅如此，何小虎还经常把不挣工时的活儿交给刘庆。刘庆感到很委屈，自己刚工作，本来工资就低，师父还把不挣工时的活儿给她。她不理解，怎么会有这样不可理喻的师父啊。可半年下来，刘庆吃惊地发现，不知不觉间，她已能加工数十种产品。她在同班组的工友中，是进步最快的。

刘庆见别的班组的工友可以在车间看手机，也就认为自己可以看手机。有一天，她开动机床后，拿起手机玩。何小虎走过来，叫她不得在上班期间看手机。她说："人家都能看，我怎么就不能看？"何小虎说："因为你是我的徒弟，所以不可以。"刘庆又被师父气哭了。何小虎说："你哭吧，到了明年后年就不哭了。"刘庆憋了一肚子怨气。她对自己的同门小师妹杨佳文嘀咕道："你说咱师父咋不出差呢，他多出几天差多好，也让我们轻松几天。"在一旁的杨佳文也说："是啊，师父太严厉了，我都不想当他的徒弟了。"

然而，严师出高徒。参加工作一年后，在车间的一次技术比武中，刘庆的产品加工水平已经胜过好多工作了十几年的员工。就在刘庆参加工作的第三个年头，也就是

2023年，24岁的刘庆获得了最重要的一项荣誉：陕西省技术比武第一名。同年，还获得陕西省技术能手、陕西省杰出青年岗位能手称号。站在领奖台上，年轻的刘庆激动得掉下了眼泪。那一刻，刘庆终于理解了师父何小虎为什么会对她有着不近人情的严苛要求。

比刘庆小一岁的杨佳文也在何小虎的严苛要求下成长着。刚入职时，杨佳文坦言，她的兴趣爱好不是当车工，也不是当铣工或钳工，而是文学与艺术。不过，仅仅一

何小虎在青海跨行业带徒

年，何小虎就让杨佳文这个文文静静的“00后”成了技术骨干。不管是车工、铣工、钳工，还是液流试验工，杨佳文样样拿得起。并且，杨佳文还发挥自己的文艺特长，担当起了西安航天六院发动机公司航天展厅的兼职讲解员，在公司演讲比赛或文艺晚会上，成了不可或缺的主持人。

强将手下无弱兵。刘庆和杨佳文，以自己的迅速成长给众多青工树立了榜样。而成长起来的刘庆和杨佳文，也成了何小虎工作上的左膀右臂、得力助手。

在徒弟刘庆生日那天，何小虎把自己当年从西安小寨汉唐书城买的那两本数控方面的图书，也是何小虎翻看了千百遍、曾倒背如流的两本图书，一本给了刘庆，一本给了杨佳文。

传、帮、带，无处不在。每逢节假日或两个徒弟的生日，何小虎都会把两个徒弟请到家中，让妻子做一桌丰盛的饭菜，甚至会开上一瓶红酒。而请徒弟吃饭这个习惯，也是何小虎跟自己的师父们学的。

5

在西安航天六院发动机公司，何小虎还有一个职务——新员工招聘面试官。

何小虎是从陕西工业职业技术学院走出来的，因此作为面试官，何小虎把自己的注意力一次次投射到了自己的母校——陕西工业职业技术学院。

何小虎，一心想把陕西工业职业技术学院最好的毕业生吸纳进西安航天六院发动机公司。

陕西工业职业技术学院也开始以何小虎为荣。这是因为，陕西工业职业技术学院办校五十多年，只走出了一个大国工匠，那就是何小虎。正因如此，在陕西工业职业技术学院，何小虎成了学院树起的一个毕业生楷模。学院聘何小虎为校外导师。

回到学院的何小虎，给青年学子们带去的是青春的希望与光亮。有一次，何小虎在学院礼堂做报告，礼堂内座无虚席，有些学生没有抢到座位，就站在后排听。何小虎开始讲了自己在学院的学习生活，接着讲中国航天的发动机制造。他讲着讲着，台下有个学生激动起来，大声说：“学长，我的梦想就是到西安航天六院发动机公司，就是争取超过你。”这时，又有几个学生跟着说：“学长，我们的梦想就是超越你。”

何小虎很满意地笑了笑。他对同学们说：“大家的想法很好，我支持。不过，作为校友，我跟同学们说的是，不

何小虎参加第八届全国职工职业技能大赛决赛的新闻直播

要光看到我成功的一面，还要做好吃苦的准备才行。要知道，要想真正当好一名航天产业工人，自己必须付出最大的努力。”

6

2022 年，由全国产业工人自主报名，再经各级工会层层推荐、选拔，再由专家评审委员会评审，共推选出 50 名

何小虎在执裁第八届全国数控技能大赛陕西赛区选拔赛

2022 年“大国工匠年度人物”候选人。最终，有 10 人入选 2022 年“大国工匠年度人物”。

而何小虎，就是这 10 名“大国工匠年度人物”中的一名，也是 2022 年度陕西省以及中国航天系统唯一的入选者。

7

2023 年 2 月 28 日晚。

陕西延安朱家沟村，何小虎的母亲、继父，还有村里的几位邻居坐在电视机前，边嗑瓜子边聊天。西安，何小虎家中，何小虎的妻子和读小学的儿子坐在电视机前等待着。西安航天六院发动机公司职工公寓楼的宿舍内，何小虎的徒弟刘庆和杨佳文，一人一个手机，盯着手机上的新媒体视频。

也是这个晚上，何小虎车间的多位师父以及众工友，还有陕西工业职业技术学院的老师和同学们，都在期待着一个最为激动人心的时刻的到来。

电视屏幕上，手机视频中，当何小虎身着天蓝色的航天工装，以中国航天科技集团六院西安航天发动机有限公司数控车工、高级技师的身份，阔步迈上 2022 年“大国工匠年度人物”发布仪式颁奖台时，屏幕中响起了欢呼与掌声。而屏幕外，在延安、西安、咸阳，何小虎众多的亲人、工友、师父、徒弟，也在为何小虎鼓掌欢呼。

何小虎的母亲，右手指着电视屏幕上手拿奖杯的何小虎，激动地对邻居们说：“那就是小虎啊，他到电视机里去了呢。”

何小虎站在颁奖台中央，向大家讲述了他的航天事业，以及他所加工的发动机工件。何小虎动情地说，他曾很认真地总结过自己所熟悉的一位位航天工匠的成长经历，发现他们都有一个共同点，就是能把最简单的事情做到极致。何小虎讲了一个小故事，讲的是自己为了把工件加工到极致，仅刃磨刀具，就磨了一整天。

颁奖典礼上，工作人员通过人工智能电脑技术，让何小虎与远去的中国航天事业奠基人、国家杰出贡献科学家、“两弹一星功勋奖章”获得者钱学森展开了一场穿越生命时空的航天对话。

精益求精，科学无止境，那是多么激动人心的时刻：此岸与彼岸，一端是当代航天产业工人，一端是远去的航天大科学家。航天对话中，何小虎说，他运用的目标拆解方法就是从钱学森的系统工程论中学来的。在何小虎的心目中，钱学森不仅是中国的航天灯塔，也是世界级的航天灯塔。

何小虎，是一个航天产业工人。从某种意义上来说，他也是航天发动机上的传动轴、轴承座。

当主持人手持话筒走到何小虎身前，问何小虎怀抱的大国工匠奖杯重不重时，何小虎回答：“重！很重！像星辰一样，需要用一生去守候。”

第九章 将车工艺术的误差控制在 0.01 毫米内

1

航天是工作，也是生活。航天的意义在于飞行。而飞行，是现实与梦的对接，是灵魂与爱的骄傲绽放。

飞行可超越空间，也可超越时间。庄子说："北冥有鱼，其名为鲲，鲲之大，不知其几千里也。化而为鸟，其名为鹏，鹏之背，不知其几千里也。怒而飞，其翼若垂天之云，是鸟也。"现在看来，这传说中的鲲鹏，或许就是现代的火箭。

火箭可以飞。火箭是有生命的，火箭的液体发动机也是有生命的。

2

刚入职那几年，何小虎一直是站在机床边工作。那时的机床是开放的，不密封。加工时，铁屑子纷飞，若不及时清扫掉，就没法工作。那时，工作有多久，何小虎就得站立多久，时常站得脚后跟发麻，疼痛难忍。尽管如此，何小虎依然十分喜欢机床加工。在何小虎看来，机床的每一个阀门、每一个转盘、每一道滑轨，都很亲切，都是美的。即使那飞溅的铁屑，也有一种花样的金属之美。

后来，何小虎所操作的早已不是笨重的手动机床，而是先进的数控机床。每天进车间，来到车床前，何小虎就把硬邦邦的工鞋换成软布鞋。何小虎还在车床边加了一把结实又小巧的木椅。何小虎是这样工作的：清扫场地之后，热机、开机，然后编程，再放入工件，将工作门关闭，让车床开始自动化加工。这时，何小虎会慢慢地坐下来，在等待工件成型的同时，或思考，或学习，或干点儿其他工作。

这份工作，这个加工过程，带给何小虎的不是单调与

何小虎参加“大国工匠宁夏行”活动

艰辛，而是自在与充实。何小虎感谢西安航天六院发动机公司，感谢车间，感谢车床，让他的一个个加工创意得以实现，让一块块金属材料成为航天发动机的高精度零部件。

在这个过程中，何小虎与车间没了分别，何小虎与数控车床没了分别。仿佛，车间就是何小虎，数控车床就是何小虎。

3

宽大明净的车间，一台台大型机床整齐摆放，空气中有隐隐的冷却液气味。这就是何小虎的车间。每次进入车间，何小虎就像进入一个现代又古老的时空。墙上一米见方的“航天”字样也在提醒何小虎，这是一个与天空、与太空有关的车间；这里的每一个零部件都有可能成为火箭发动机的一部分，成为天空与太空的一部分。

火箭发动机在哪里，何小虎的心就在哪里。

太空的蓝，伟大的蓝，是何小虎最为痴迷最为喜欢的颜色。何小虎一天到晚舍不得脱下的就是他的工装，就是航天蓝。在车间，何小虎穿航天蓝；回到家，还是穿航天蓝；外出开会或做讲座，依然是穿航天蓝。后来，公司曾发放一套灰白色的航天工装。何小虎见了，也喜欢，他把那套灰白色的工装叫作月球白。他跟工友开玩笑说：“这月球白工装不仅是我们航天人的工装，也是月球人的工装。”

蓝，灰，白，成了何小虎的日常审美之色。甚至，何小虎把家中的好几面墙壁也刷成了航天蓝。而家中客厅摆放的火箭模型，不时在提醒他：他是属于天空与太空的，属于无限的远方。

何小虎给陕西省水利系统的班组长授课

当何小虎把一个人的努力与爱统一为太空的方向、月球的方向时，他也就有了太空的荣耀与力量。2022年11月，何小虎获得了人力资源和社会保障部、工业和信息化部等国家六部委联合授予的“首次火星探测任务先进个人”荣誉称号。

是的，“首次火星探测任务先进个人”，这是何小虎最为珍惜的一项荣誉。这份荣誉，像太空一样神秘又高远。

4

下班了，或者说是工闲了，何小虎最喜欢的事情就是仰望星空。若是晴朗夜空，望着天上那小星星一样移动的卫星，何小虎内心是骄傲的。他仿佛听到了夜空中卫星运行的声音。他知道，其中有一些卫星内在的小部件，就是他加工的。

何小虎，尽管没能像他的偶像杨利伟那样飞向太空，但是他用自己的智慧与汗水，令自己所加工的一个个工件进入了太空。而那些工件，不仅是液体火箭发动机的关键部件，还是中国航天人通往太空的一把把密钥。

妻子和正在读小学的儿子，像何小虎一样，也喜欢上了仰望星空。儿子望着天上的星星，不止一次地对何小虎

何小虎在业余时间打羽毛球

说："等我长大了，就去当航天科学家。"

太空，星空，给何小虎带来了无尽的创意与灵感。西安航天六院发动机公司组织创意制作设计大赛，何小虎将目光盯上了车间里一块块裁剪下来的金属材料。何小虎从裁剪下来的金属材料中选材，用一个个周末的时间，制作了一个包含太阳、月亮和地球的宇宙模型。其中，还有一个十分逼真的地球仪模型。这些都是何小虎编好程序后，在机床上用刀具削割打磨出来的。

2016年，何小虎向国际上最有名的一件车工作品发起了挑战。那是一个德国工匠制作的一个三层嵌套、正四面体结构的球体，在网络上号称最牛车工作品。何小虎看到那个四面体作品后，赞叹不已。何小虎心想，能否加大难度，把四面体做成更多面呢？就这样，何小虎以游戏加挑战的心态开始了制作。当时，有工友建议何小虎用多块材料分别制作，然后进行组合。何小虎说："那样制作，就失去了挑战的意义。"他还是想在一整块不锈钢金属毛坯材料的基础上进行加工，并且须一次性加工完成。何小虎试了又试，均以失败告终。直到有一天，他给孩子讲解地球经纬线的时候，突生灵感：可参照地球经纬线的划分对多面体进行切割。依此方法，何小虎开始凭借自己过人的加

何小虎授完课后给学生们签名

工技术进行加工。在嵌套内部的球面上，每条棱的误差只有控制在 0.01 毫米内，最薄壁厚不得超过 0.4 毫米，才能保证加工的一步步进行。

0.01 毫米，甚至 0.001 毫米，在何小虎看来，这是西安航天六院发动机公司人意志与信仰的高度、精度。

而这个过程中，任何一点儿微小的失误，都会前功尽弃。所以说，这尽管只是一个车工工艺品，但它的加工难度却是太空级的。何小虎先是制作了一个方形体，接着又在里面制作一个圆球，然后边苦思冥想边用车床加工。他用了一整个白天又加半个晚上，终于在车床上一次性加工成型了一个十层嵌套的十二面体。

这个十二面体被何小虎命名为“航天炫”，在发动机公司的创意大赛上获得了金奖。后来，又获得陕西省职工科技节技术工人绝活三等奖，并被陕西省总工会在全省展示。

令何小虎想不到的是，从这次工艺作品制作中获得的创意与灵感，以及多项衍生技术，居然成功应用到了发动机零部件制作的实用工艺中，并成功申请了实用型专利和发明专利。

车工艺术促进实用工艺，而工艺实用技术又确保了车

何小虎行走在发动机制造的厂房里

工艺术。何小虎把加工航天发动机零部件的多项工艺用到了车工艺术上，他制作的全金属天芯锁，获得最佳难度奖。他制作的金属魔方，获得了最佳创意奖。他最得意的徒弟刘庆和杨佳文受他影响，也开始了车工艺术制作。刘庆，巧夺天工，用车床刀具将硬金属切成了头发丝般细小柔软的金属丝，然后制作笔管，直至制作成一把金属毛笔。杨佳文则亲自设计程序，制作了一方带有花纹图案的金属砚台。

在车间的数控车床前，一块块金属材料，仿佛都成了上好的车工艺术材料，成了航天梦的材料。何小虎最为满意的作品，是他放在车床工作柜上的一个火箭模型。那是他读初中二年级时在电视新闻中见到的那个“长征二号”，就是那个把“神舟五号”飞船和杨利伟送入浩渺太空的“长征二号”。这个模型与真实的“长征二号”在形状、比例上完全一样，并且还是用一块独立金属材料制成的。

何小虎工作时一抬头，就能看到自己制作的“长征二号”模型。“长征二号”模型也一直在提醒着何小虎：太空中的那些蓝、那些星辰，是他生命中最为闪亮的蓝。

何小虎利用数控设备加工零件

5

何小虎，他在努力，他在拼搏，他在学习，他在攻关，他在创造……他不仅看见了令人神往的航天蓝，还让自己成了一抹永远的航天蓝。

何小虎是忘我的，他把自己交给了深邃而又无限的航天梦。而这个航天梦和建设航天强国的中华民族之梦是一致的。

一个航天工人能走多远，何小虎给出了一个答案。

一个航天工人还能走多远，何小虎即将给出一个答案。

2024 年 12 月 16 日星期一　初稿

2024 年 12 月 28 日星期六　二稿

2025 年 1 月 16 日星期四　三稿

何小虎在用普通设备加工零件

后记

这些年，我写报告文学，也写诗、写散文、写小说、写剧本。尽管我已出版了四部长篇报告文学，但我平时将更多的精力用在了诗歌上。而诗歌创作，或说作为一名诗人，我最习惯的就是仰望星空。我粗略算了一下，我写下的关于日月星辰的诗歌不下二百首。而航天，航天领域的数控车工、特级技师、大国工匠何小虎，仿佛就在我的诗歌中，仿佛就是诗歌中那个正在仰望星空的少年、青年。

2024 年 8 月的一天下午，当我来到西安，来到中国航天科技集团公司第六研究院西安航天发动机有限公司附近的一家宾馆，我见到了何小虎，还见到了公司群工部的王庆部长。何小虎是热情的，王庆是周到细致的。他俩作了自我介绍，还向我介绍了公司的情况。第二天一早，我在何小虎和王庆的引领下来到了西安航天发动机有限公司大门口。尽管王庆部长已提前做好采访报备，但进入公司的手续依然十分严格，在完成签字、人脸识别等多道手续后，我才得以进入公司院内。院内的草木、建筑，包括墙上的图案文字，都是我感兴趣的，我很想用手机拍下它们，但公司有严格规定，不许拍照。可看得多了，记忆中的图像、文字、人物也就模糊了起来。当走进全国最大规模的“航天液体动力展示中心”，我感到了一种撼动人心的航天之美与力量，可惜，由于不能拍摄，我依然只得尽可能地靠脑力去记。走出展示中心，我被楼前的果树吸引，但我依然不能拍照。这对习惯了拍照的我来说很不习惯，但我还是严格遵守了公司不得拍摄的规定。

在西安航天六院发动机有限公司，由于不得使用手机拍摄、不得上网等多方面的限制，给采访造成了一定难度，我只好把采访重心放在访谈上。在公司某生产楼三楼的一个小会议室，一连数日，我听何小虎、王庆等人讲发动机公司的故事。我还走进何小虎师父的办公室，走进了何小虎工作室，还在小餐馆听何小虎妻子和徒弟讲公司以及何小虎的故事。

而生产楼的一楼是车间。何小虎陪我一次次走进车间，把一台台机床的性能和特点讲给我，还把他的工友介绍给我。那是一个比足球场还要大的大型车间，有一种特别的钢铁之美、车床之美、工业之美。

非常幸运的是，随着对何小虎采访的深入，我看到了一个比我想象中的更加顽强、更能拼搏、更能钻研、更能奉献的何小虎。也是何小虎，刷新了我对当下青年产业工人群体的认知。我为自己能够走进中国航天科技集团公司第六研究院西安航天发动机有限公司而欣慰，为能够面对面认识、采访何小虎而自豪。我有两个感受：西安航天发动机有限公司乃至整个西安航天基地让我感受到了中国航天人的追逐梦想、勇于登攀和杰出智慧；何小虎是当下中国职业技术学院学生中岗位成才的杰出代表。

何小虎，或何小虎现象，值得中国高等学校教育部门去关注、研究，值得工会等社团组织以及科技协会等团体去重视、思考，也值得当下中国职业学院、职业技术学院以及更多高校学生去学习。

就在写何小虎这部大国工匠传记的时候，我不止一次想到了陕西著名作家路遥先生小说中那朴实、勤奋又坚毅的主人公。何小虎，他不仅有着《平凡的世界》中那些优秀青年的文化背景以及性格特点，还有着新时代杰出产业工人的精神风貌。

因为何小虎，我认识了中国航天人，认识了西安航天发动机有限公司人。结束采访的那天，是一个星期天，平时一派忙碌的车间显得无比安静。何小虎的两个徒弟来到各自的工位上，向我展示了热机、开机、放件、加工、出成品等全部加工流程；她们也向我展示了各自心目中的航天愿景和航天蓝。

如今，这部作品在西安航天发动机有限公司多个部门的支持下，在中国报告文学学会徐剑老师的指导下，在中国工人出版社编辑的帮助下，终于完稿。可是，我却觉得这部书还没有写完，我还想继续到西安采写；甚至，还想写一个航天组诗、一个航天剧本。

在此感谢各位老师、朋友对此书创作、出版的支持！

2025 年 1 月